내가 선택한 일터, 싱가포르에서

내가 선택한 일터,
싱가포르에서

임효진

산지니

차례

일단 나가야겠다

한국에서 나는 그저 그런 스펙을 쌓은 후, 지방의 어느 대학을 졸업했다. 몇 개월간의 대기업 인턴과 또 얼마간의 백수 생활을 거쳐 외국계 기업에 취직했다. 외국계라고 해도 한국에 진출한 기업들이 으레 그렇듯 철저히 한국화된 회사였다. 그곳에서 1년 반쯤 일하다가 싱가포르 행 비행기를 탔다.

대학을 졸업할 무렵, 이른바 '필수 스펙'은 학점, 토익 점수, 어학연수, 공모전, 대외 활동 등이었다. 1학년 2학기 때 연애에 좀 미쳤던 탓에 학점은 자로 잰 듯 깔끔한 2.00. 그 연애는 여전히 아름다운 기억으로 남아 있지만, 구멍 난 학점을 메우느라 졸업할 때까지 재수강과 함께 살았다.

나는 취직할 때까지 여권이 없었다. 어학연수는커녕 일본에 당일치기 여행도 다녀온 적이 없다는 뜻이다. 지방대 인문대생을 공모전 스터디에 넣어주는 사람도 없었다. 게다가 공모전을 주최하는 회사나, 그들이 다루는 주제는 살면서 내가 한 번도 관심을 가진 적이 없는 것들이었다. 참신한 아이디어? 있을 리가 없었다. 그나마 몸으로 때울 수 있는 대외 활동과 스터디, 간당간당한 토익 점수, 평점 4.0점을 겨우 따라잡은 학점이 다였다. 어디 명함도 못 내밀 초라한 스펙의 소유자가 나였다.

그런 내게 외국계 기업 취직은 그 자체만으로도 고마워해야 하는 일인지 모른다. 월마다 하는 결산, 거래처 사람과 매일 하는 통화, 본사와 해외 고객과 영어로 주고받는 이메일, 가끔 나가는 외근, 달마다 받는 월급… 이 모든 것이 드디어 내가 밥값을 하고 있다는 증거였다.

새로운 회사에서 정신없이 적응하며 일을 배우고, 화장실에서 한두 번 눈물을 찔끔 흘리는 사이 6개월이 지났다. 낯설게만 느껴졌던 거래처 사람들의 이름과 제품 스펙이 너무나 자연스럽게 입에서 나오고, 사람들은 나를 믿기 시작했다. 일에서 보람을 느꼈고, 연애도 잘 하고 있었다. 가끔씩 외국인 고객과 간단한 전화 통화를 할 수 있을 정도로 영어도 늘었다. 취직을 했기에 명절에 친척들이 집에 오는 것도 불편하지 않았다. 친구들 모임에도 다시 나갔다. '외국계 회사'라는 이름 뒤에 숨어 그럴듯하게 나를 포장했다. 모든 게 더없이 좋았던 바로 그 시점에 이상하게도 왠지 모를 불안감이 마음에 자리 잡았다.

내 앞에 펼쳐질 60년 인생
그 희미한 실루엣

몇 달 후, 그 불안감의 정체가 드러났다. 이렇게 몇 년 더 일하다 결혼을 하고 아이를 낳고 키우며 집을 사고 은퇴하고 그리고 죽음. '사람 사는 거 다 그래'라는 말을 들으며 수백 번도 더 떠올렸던 그 그림. 그 그림의 주인공이 나였다. 그렇게 정해진 내 미래는 어느 것 하나도 설레거나 기대되지 않았다.

'인생이 이게 다야? 그러다 나이 먹고 그냥

죽겠네?' 답답한 마음을 터놓을 데가 없었다. 배부른 소리 한다는 핀잔만 들을 것 같았다. 다른 삶과 이야기를 찾고 싶었다. 그래서 주말에는 서점으로 갔다. 설사 해답을 찾지 못하더라도 책에서 읽은 몇 문장들이 불안했던 마음을 조금이나마 달래주었다. 하지만 그 위로는 월요일 아침 열시면 사라졌고, 스킵할 수 없는 유튜브 광고 같은 하루가 매일 이어졌다.

다시 돌아온 어느 토요일, 무미건조한 얼굴로 서점에 갔다. 우연히 해외에서 일하고 있는 사람이 쓴 책이 눈에 띄었다. 책 속에는 신세계가 있었다. 그때까지 나는 한국 사람이 외국에서 일한다는 사실 자체를 아예 모르고 살아왔을뿐더러 그런 꿈은 꾸어본 적이 없었다. 그런데 그 책 속에는 영국에서 당당하게 일하는 한국인이 있었다.

'어떻게 이런 일이 가능하지?' 그 자리에서 홀홀 책을 다 읽어버렸다. 혹시 비슷한 책이 또 있을까, 뒤적뒤적하니 런던의 출판사에서 일하는 사람, 뉴욕의 은행에서 일하는 사람, 독일에서 간호사로 일하는 사람들의 이야기가 있었다. 바로 이거였다. 답답했던 가슴이 뻥 뚫리는 느낌이 들었다. 난 해외로 가야 했던 거였어! 대학교 때 얼마나 해외에 나가고 싶었던가. 그때가 기억났다.

돈이 없는 건 문제가 아니었다. 돈은 거기서 벌면 되니까. 그때부터 해외에서 일하는 사람들을 찾아보기 시작했다. 가까운 중국과 일본은 말할 것도 없고 남아프리카공화국, 칠레 등 사람이 갈 수 있는 모든 곳에 한국인들이 살고 있었다. 지역과 언어의 장벽을 넘어 내가 상상도 못한 곳에서 일하며 사는 사람들이 정말 많아서 놀랐다. 무엇보다 내가 세상 돌아가는 것에 이토록 무지했다는 사실에 가장 놀랐다. 설레기 시작했다. 오랜만이었다.

하지만 주말에 해외 취업에 대한 에너지를 한껏 충전해도 월요일만 되면 내 마음은 바람 빠진 풍선처럼 쪼그라들었고, 일에 묻혀서 아무 생각도 들지 않았다. 그런 이중생활에 나는 서서히 말라가고 있었다. 다시 답답해졌다. 이대로 아무것도 하지 않고 시간이 지나가버리면 평생 후회할 것 같았다. 가서 뭘 할지는 모르겠지만 일단 나가야겠다. 막연한 동경을 구체화할 필요가 있었다.

어느 나라로 가야 할까?

가야 할 곳을 정하지 못해 갈팡질팡하다 그나마 할 줄 아는 외국어가 영어라는 것을 생각해냈다. 가까스로 '그래도 영어를 쓰는 곳에 가자.'는 계획을 세웠다. 하지만 어디로 가야 할까?

"넌 외국에 한 번도 안 나가봤으니까 너에게 생뚱맞은 서양보다는 아시아가 낫지 않겠니? 이를테면 싱가포르 같은 곳?"

고민하던 내게 남자 친구가 한마디 툭 던졌다. 한 번도 생각해보지 못한 선택지였다. 어느 정도 일리가 있었다. 나는 그때까지 비행기를 타보지 못했다. 그런 내가 바로 아메리카나 유럽에 가면 적응할 수 있을까? 공부를 하러 가는 것도 아니고 일하러 가는 것이었다. 유학도 힘들지만 외국에서 일하는 건 더 힘들지 않을까?

'외국에서는 그 사람이 별로면 바로 자른대. 한국처럼 정으로 가는 것 따위는 없대.'

외국에서는 해고가 빈번하다는 말도 들었다. 언제나 그렇듯 한 번도 가보지 못한, 소문만 무성한 곳은 위험하다. 그런 회사 분위기에 환경까지 낯설면 빨리 포기하고 돌아오고 싶지 않을까?

'그래 영어를 쓰는 아시아 국가를 가야겠다.'

범위를 좁혀 따져보니 싱가포르, 홍콩 정도가 떠올랐다. 그리고 둘 중에서는 중국에 속해 있는 홍콩보다 싱가포르에 관심이 더 갔다. 게다가 싱가포르에는 많은 글로벌 기업의 아시아 지역 본사가 있다. 그러면 내가 원하는 직업을 찾기도 더 쉽지 않을까? 그렇게 싱가포르 행을 결정했다.

"엄마, 나 싱가포르에 가서 일해볼래."

처음에 엄마는 대꾸도 하지 않았다. 너무 황당한 이야기라 농담이나 헛소리라고 생각하셨다. 내가 몇 번을 더 말하니 그제야 심각하게 받아들이셨다.

"도대체 거기는 왜? 여기서 하던 거 하고 나중에 결혼이나 하면 되지, 왜 사서 고생을 하냐."

엄마에게 미안했다. 이제 좀 자리 잡고 사는 모습을 보여주나 싶었는데 갑자기 한국을 떠나 살겠다니 불효녀가 따로 없었다. 친구들도 오랫동안 못 본다고 생각하니 망설여졌다.

'넌 외국에 한 번도 안 나가봐서 환상 때문에 그러는 거야. 현실은 달라.'

'너처럼 외국 경험도 없는 애가 어떻게 취업을 하겠다는 거야?'

'그러다 남자 친구 놓치면 어떡할래? 걔 직장도 좋잖아. 그런 애 또 못 만난다?'

희한하게도 응원해주는 사람보다는 걱정하거나 비아냥대는 사람이 더 많았다. 내가 영어를 잘 못한다거나 적응하지 못할까 봐 그러는 건 이해가 됐다. 결혼 걱정도 그럭저럭 들어줄 만했다. 하지만 내 직장도 아닌 남자 친구의 직장은 도대체 왜 들먹이는 거야? 아, 좀. 제가 알아서 할게요.

내가 괜한 것에 도전했다 상처받을까 걱정하는 마음이었을 거다. 하지만 사람은 자신이 잘 알지 못하거나 생각지도 못한 것에 도전하는 사람을 보면 위기를 느낀다고 했다. 듣는 사람을 생각하지도 않고 뱉는 날카로운 말들을 하나씩 가슴 한편에 모았다. '내가 싱가포르에 취업해서 자리 잡고 살아내는 모습을 보여줄게. 기대해봐.' 약해지는 마음은 아이러니하게도 그런 말들로 더 단단해졌다.

긴 고민 끝에 '20대의 회사 생활'보다 '20대의 해외 생활'이 더 가치가 있다고 결론지었고, 해외 취업을 생각한 지 1년 만에 한국을 떠났다. 물론 그 선택 때문에 자발적인 백수 생활을 하며 말도 안 되는 일을 겪고 팔자에도 없던 비자 걱정을 해야만 했다. 남자 친구와도 헤어졌다. 이력서만 이백 번을 내고, 모아놓은 돈이 다 떨어져 불법으로 아르바이트를 하기도 했다.

하지만 그 시기에 행복하게 사는 법을 배웠다. 너무 괴로워서, 혹은 시간이 넘쳐나서 펼쳤던 어느 책 속에서 나를 살린 한 줄의 문구를 발견하는 기쁨이 얼마나 큰지 알게 되었다. 아무것도 가진 것이 없는 나를 아껴주는 친구들이 있다는 것, 그것이 삶에서 얼마나 중요하며 힘이 되는지 배울 수 있었다.

해외 취업을 하고 싶은 마음 때문에 그 고생을 했음에도 그 시절로 돌아가면 똑같은 결론을 내릴 것이다. 비록 취업을 못 하고 돌아오게 되더라도 해외에서 살아보았으면 하는 평생의 아쉬움은 풀 수 있을 테니까.

내 삶의 후회를 최소화하기 위해 선택한 해외 취업. 한을 없앤다는 생각으로 무모하게 도전하는 바람에 안 해도 될 고생도 많이 했지만, 그만큼 내 인생에서 느낀 것도, 할 이야기도 많아졌다.

홍콩과 싱가포르

1997년 영국이 홍콩을 중국으로 반환하였다. 그로부터 약 20년 후인 2019년, 중국 정부가 추진하는 '범죄인 인도 법안'에 반대하며 홍콩에서 대규모 시위가 일어났다. 이 법이 홍콩의 민주주의를 위협한다고 느낀 수많은 홍콩 시민들은 거리로 나왔다. 중국 정부는 이들을 강력하게 탄압하기 시작했다. 백만 명이 넘는 시위 인파가 몰리니 학교나 회사 같은 곳에서는 업무에 지장이 있었지만, 대부분의 사람들은 시위대를 응원했다. 한때 성공하는 것처럼 보였던 이 반대 시위는 2021년, 중국 정부의 홍콩 국가보안법 시행으로 결국 실패로 돌아갔다.

사실 이건 홍콩 시민뿐 아니라 홍콩에서 일하던 많은 외국인들의 관심사이자 걱정거리였다. 크게는 홍콩의 민주주의, 좁게는 지금 당장 자신이 일하고 있는 회사의 미래가 걸린 문제였기 때문이다. 중국 정부의 힘이 강해지면 홍콩에서 비즈니스를 하고 있는 많은 기업에도 입김이 들이닥칠 텐데, 내가 속한 회사는 과연 이전처럼 자유롭게 의사결정을 내리고 사업을 해나갈 수 있을까?

왜 갑자기 홍콩 이야기냐고? 이 홍콩 국가
보안법 시행으로 아이러니하게 이득을 본 국가
가 바로 싱가포르이기 때문이다. 그전까지 아
시아 금융의 허브는 홍콩과 싱가포르로 양분되
어 있었다. 글로벌기업의 아시아지역 본사가 가
장 많이 위치한 곳도 홍콩과 싱가포르였다. 하지
만 2021년 홍콩 국가보안법 이후 홍콩의 회사들
은 비즈니스에 위험을 느끼기 시작했고 곧 다른
대안을 찾기 시작했다. 그 대안으로 떠오른 곳이
바로 홍콩에서 비행기로 세 시간 떨어진 곳, 싱
가포르였다. 그렇게 2021년부터 시작된 글로벌
기업의 본격적인 탈출 행렬은 아시아 금융의 허
브를 싱가포르가 도맡게 된 하나의 계기가 되었
다. 이렇게 싱가포르는 갑자기 앉아서 복권(?)에
당첨되었다!

'거의 일당독재나 다름없는 이곳에서 어떻게
비리가 거의 일어나지 않지?'

나는 싱가포르에 살면서 이 점이 항상 궁금했
다. 싱가포르에는 여러 정당이 있고 선거 시스템
도 있지만, 거의 한 정당이 나라를 이끌어가고 있

다고 해도 과언이 아니다. 그리고 그 정당에서 나온 초대 총리가 바로 싱가포르 건국의 아버지라고 불리는 '리콴유' 수상이다. 그는 싱가포르의 가치를 청렴과 투명성에 두었다. 그래서 본인의 오른팔이나 다름없던 정치인이 비리를 저질렀을 때도 그를 냉정하게 벌했다고 한다. 그에게는 가슴 아픈 결정이었을지 모르나, 국민들과 국제사회에 '싱가포르의 투명성'을 확실히 각인시키는 동력이 되었다. 이런 투명함과 청렴성은 정부에 대한 신뢰로 이어졌고, 이는 글로벌 기업들이 싱가포르에 거점을 마련하는 이유 중 하나로 작용했다. 정부의 입맛에 따라 언제 정책이 바뀔지 모르는 곳은 기업에게 그야말로 쥐약이나 다름없으니까. 그 이전에도 싱가포르는 글로벌한 국가였지만 이로써 그 지위가 한층 더 높아졌다.

　홍콩에는 금융계 회사가 많아서 넘어온 회사들도 금융계가 많은 편이다. 그에 따라 싱가포르 내 금융계 채용이 많이 늘었다. 게다가 회사와 함께 홍콩에서 거주하고 있던 인재들도 싱가포르에 오게 됐으니 얼마나 기쁜 일인가? 그중에는 IT섹터의 인재들이 많다고 하는데, 이들 덕분에 싱가포르에 있는 비슷한 업종의 사람들이 임금 상승의 행복을 누렸다고 한다. 여러모로 좋은 점이 많다.

하지만! 이미 살고 있던 사람에게는 어떻게 다가왔을까? 안 그래도 좁아터진 국토에 갑자기 여러 기업이 들이닥쳤다. 당연히 그와 함께 사람들도 왔고 집값이 엄청나게 오르기 시작했다. 적게는 50%, 크게는 100% 오른 곳도 수두룩하다고 한다. 원래 내 집에서 살던 사람들이야 크게 상관없겠지만, 집을 렌트해서 사는 나 같은 외국인 노동자들에게는 큰 타격이 왔다. 계약기간 중임에도 불구하고 이런 메시지를 받는 사람도 종종 있었다.

"요즘 부동산 수요가 높아지고 있어서 불가피하게 월세를 다시 점검해 봐야 될 것 같습니다."

물론 이런 메시지를 받았다고 모두의 월세가 올라가지는 않았으나, 어쨌든 계약기간이 끝나 새로운 집을 찾을 때 가격이 올랐다는 사실을 받아들일 수밖에 없었다.

게다가 모든 물건의 수요가 높아지면서 예상치 못한 인플레이션도 맞았다. 당장 내가 사던 야채와 생필품의 가격이 올라버렸다. 월급은 딱히 오르지 않았는데 생필품의 가격이 오르니 당황스럽기 그지없었다.

'하… 싱가포르가 잘나가는 게 정말 나에게도 좋은 일일까?'

내가 사는 곳의 지위가 높아지는 건 당연히 기쁜 일이지만, 예기치 않은 후폭풍이 몰아닥쳤다. 홍콩에서 가족과 함께 이주하는 사람도 많아서 자녀가 있는 사람들은 일시적으로 학급의 부족까지 겪었다고 한다. 이미 외국인 비율이 높은 싱가포르에 외국인이 계속 유입되니 내국인은 불만의 목소리를 내기 시작했다.

이 모든 일의 결과로 외국인이 일할 때 발급받아야 할 비자의 허들이 높아지게 됐다. 싱가포르의 경우에는 월급에 따라서 받을 수 있는 워킹 비자가 다른데 그 기준이 더 높아졌고, 이제는 나이도 영향을 미친다고 한다.

세상 모든 일에 장단점이 있듯이 싱가포르의 현재 역시 마찬가지다. 싱가포르는 외부에서 갑작스레 일어난 일로 기회가 생겼고 그를 극대화하고 부작용은 줄이기 위해 열심히 달리고 있다.

따분한 싱가포르

"해외 취업을 하기 전에 일본으로 2박 3일이라도 다녀오는 게 어때요? 갖은 노력 끝에 해외 취업을 했는데 막상 타국이란 환경에 적응 못 해서 돌아오는 사람들도 있거든요. 취업도 취업이지만 정작 그 나라와 잘 안 맞으면 아무 소용 없잖아요? 특히나 한 번도 해외에 나가보지 않은 사람은 해외에 대한 감이 없어 그런 경우가 더 많더라구요."

한참 세계지도를 보며 마음에 불을 지필 때, 코트라(KOTRA, 대한무역투자진흥공사)의 해외취업지원 부서 담당자와 통화를 한 적이 있다. 그는 내게 꽤 현실적인 조언을 해줬는데, 그가 말한

'감'이 없는 사람인 나는 그 조언을 이해하지 못했다. 그런 조언은 마음 약한 사람의 불평이나 의지의 문제로 치부했다. 무엇보다 한 푼이라도 더 모아 싱가포르 정착금을 만드는 게 급했던 나는 그 조언을 넘겨들었다.

"이게 뭐야? 이게 다야?"

처음 싱가포르에 도착한 나는 실망이 이만저만 아니었다. 나라가 작은 건 알고 있었지만 정말 작았다. 면적은 서울보다 조금 크고, 인구는 서울의 절반쯤이다. 싱가포르는 깨끗한 나라로 유명하다는데 현지인이 사는 곳은 지저분했다. 싱가포르에 사는 사람들이 가장 많이 찾는 푸드 코트인 호커 센터(Hawker Center)에서 밥을 먹을 때는 꽤 자주 바퀴벌레를 만났다. 싱가포르의 주공 아파트라고 할 수 있는 HDB에서 살 때는 거의 매일 쥐와 마주쳐야 했다.

더 큰 문제는 코를 강하게 찌르는 동남아 음식 특유의 향이었다. '내가 과연 여기 밥을 먹을 수 있을까' 심각하게 고민했다. 처음 몇 달간은 밥을 거의 먹지 못했다. 여전히 좋아하지는 않지만 살기 위해 어쩔 수 없이 먹게 되기까지 1년이 걸렸다.

한때 별명이 식신이었던 만큼 다른 것도 아닌 음식이 나를 괴롭게 할 줄은 몰랐다. 역시 사람은 단순했다. 먹을 것에 대한 기대가 떨어지니 삶의 의욕도 반으로 떨어졌다. 음식은 나를 천국과 지옥을 오가게 했다.

'안 되겠다. 눈 호강이라도 해야지.'

이곳에 도착하고 나서 첫 주말, 싱가포르에서 유명한 핫 플레이스인 클라크 퀘이(Clarke Quay)로 놀러갔다. 다 도는 데 한 시간도 채 안 걸렸다. 뭐 다른 게 더 없을까 하고 며칠 돌아다녔더니 싱가포르의 웬만한 곳은 다 다녀오게 됐다.

고작 일주일도 안 되었는데 싱가포르의 거의 모든 것을 보게 되었다. 우울했다. 내가 앞으로 몇 년간 살 곳은 음식도, 볼 것도 정말 없었다. 인공물이 아닌 산이라도 있으면 좋을 텐데 이곳에는 산이 없었다. 싱가포르에서 가장 높은 곳은 부킷 티마 힐(Bukit Timah Hill)인데, 산(mountain)이 아니라 언덕(hill)이라는 이름에서 알 수 있듯이 높이가 겨우 164미터다. 나는 정말 아무것도 모르고 이곳에 왔던 것이다. 싱가포르에는 사람이 만들 수 있는 멋진 건축물이 매년 경쟁적으로 등

장하는데 이것은 자연이 아닌 사람의 힘으로 발전한 싱가포르의 아이덴티티를 보여준다. 그런 특성을 깨닫기까지 많은 시간을 보내야 했다.

우울해지는 기분을 떨치기 위해 나중에 아껴뒀다가 보려고 했던, 싱가포르의 비즈니스 중심 지구인 마리나 베이(Marina Bay)와 래플스 플레이스(Raffles Place)를 보러 갔다. 사진에서 보던, 나를 이곳에 오도록 이끈 그 빌딩 숲의 야경에 가슴이 벅찼다. 하지만 이제는 정말, 전부 다 보고 말았다는 사실을 깨닫고 다시 우울해졌다.

지금의 나는 어느 곳에 던져놓든 적응을 잘하고 그곳만의 독특한 아름다움을 발견하고 즐길 수 있지만 그때는 그렇지 못했다. 싱가포르에 대해서 제대로 알아보지도 않고 겁 없이 질러버린 내가 한심했다.

"그 나라가 나와 맞는지 안 맞는지 확인해야 돼요!"

그제야 내가 흘려들었던 조언을 이해했다. 취직도 중요하지만 '내가 살아갈 곳'을 생각했어야 했다.

"아아아악! 집에 가고 싶다고!"

별수 없었다. 선택을 한 건 나였으니까. 내가

따분한 곳에 있다는 사실을 느낄 때마다 어떻게든 직장을 찾으려고 애썼다.

싱가포르와의 첫 만남

한국에서 나는 영업 파트에서 일하다가 해외 영업 업무도 맡게 되었다. 서서히 다른 나라 사람들과 연락을 하는 일이 많아졌고, 그중에는 선주들도 있었다. 그들은 배를 타고 동에 번쩍, 서에 번쩍 세계 곳곳을 누볐다. 한국 사람들은 서로 말을 많이 해야 비즈니스가 된다고 믿는지 중요치 않은 일에도 전화를 많이 하는 편이다. 하지만 외국은 정말 급하지 않으면 통화를 잘 안 한다. 나와 상대방의 시간을 뺏을 수 있다고 생각하기 때문이다. 하지만 선주들에게 가끔씩 전화가 올 때가 있다. (전화 자체만으로 정말 급하다는 것을 느낄 수 있다.) 통화가 끝나고 '그래서 얘는 어디에서 나한테 전화한 거야?' 궁금해서 확인해보면 터키, 이집트, 미국 등 내가 말로만 들어본 나라들이었다. 본사 직원들과도 몇 번 통화를 하긴 했지만, 다양한 직업을 가진 사람들과 통화를 하며 내가 진짜 비즈니스맨이 된 것 같아 자랑스러웠다.

그러던 어느 날 '65'로 시작하는 국제전화가 걸려왔다. 싱가포르 국가번호였다. 다른 나라는 몰라도 싱가포르의 국가번호는 외우고 있었다. 그 무렵에 싱가포르에 갈 생각을 하고 있었기 때문이다. 그동안 많은 사람들과 통화를 해왔기에 나는 부담 없이 수화기를 들었다.

"ㅇ레#%($)%($?"

"Pardon?"

"&*(ㅎㄹ!@#%^"

설레는 마음으로 통화를 하는데, 세상에! 그의 말을 하나도 알아들을 수 없었다. 영어인가? 중국어인가? 분명히 어디서 들어본 단어이긴 한데 낯선 억양 때문에 뭐라고 하는지 도무지 알 수가 없었다. 어떻게 통화하고 전화를 끊었는지 모르겠다. 내가 과연 그곳에 가서 잘 살 수 있을까? 그 나라 사람들하고 말이나 제대로 할 수 있을까? 그 나라에 갔다가 이런 얄궂은 영어만 구사하게 되면 어쩌지? 싱가포르에 대한 호감이 두려움으로 바뀌는 순간이었다.

싱가포르를 선택했던 이유는 영어를 사용하는 국가이기 때문이었다. 그런데 그 나라 사람과 통화하는데 무슨 말인지 못 알아듣다니. 많은 외국인과 대화해본 건 아니었지만 내게 싱가포르에 대한 이미지는 '영어도 아닌 영어를 구사한다고 설치는 나라'로 추락하고 있었다.

그 통화 사건은 싱가포르로 가려는 내 발걸음을 현실적으로 조금 무겁게 만들었다. 그 싱가포르인의 영어가 문제가 아니라 내 부족한 영어 실력이 문제였다는 사실을 깨닫기까지는 몇 년의 시간이 더 필요했지만 말이다.

내 가족에 관심 없는 이력서

한국에 있을 때 영문 이력서를 몇 번 깔짝거리기는 했지만 완성을 한 적은 한 번도 없었다. 영문 이력서 작성뿐만 아니라 보통은 입사 지원도 한국에서 다 하고 오는데, 나는 그러지 않았다. 돌아보니 내가 참 막무가내였다. 후회가 남아, 내게 해외 취업에 대해 물어보는 분들에게 항상 이렇게 조언을 한다.

"영문 이력서는 지금부터 준비하시고요, 한국에서부터 지원하세요. 현재 그 나라에 살고 있는 사람을 선호하긴 하지만, 매력적인 지원자라면 그 사람이 어디에 있든 다 연락을 하거든요."

영문 이력서를 처음 쓰는 나는 최대한 있어

보이는 단어들을 찾아 한 자 한 자 채워나갔다.
이력서를 쓰며 통쾌했던 두 가지가 있었다.

1. 가족 사항을 적지 않아도 되는 것
2. 내가 나온 대학교에 관심 없다는 것

10대 때 내가 가장 싫었던 것은 새 학기 초마다 새로운 담임 선생님과 하는 상담이었다. 매년 부모님의 직업과 학력 같은 걸 이야기하는 게 정말 싫었다. 서로 관심 없는 두 사람이 마주 보고 앉아 한 사람은 개인적인 것을 말하고, 듣는 사람은 그 내용이 얼마나 민감할 수 있는지에는 관심도 없이 로봇처럼 본인에게 주어진 종이 칸을 채운다. 고등학교를 졸업했을 때 더 이상 이런 상담을 하지 않을 수 있어 얼마나 행복했던가.

그런데 입사 지원을 하면서 그 일이 다시 시작됐다. 부모의 학력은 물론 재산까지 물어보는 칸을 적당히 채워나가면서 자괴감을 느꼈다. 그들은 나와 일할 거면서 왜 나의 부모에 대해 궁금해하는 걸까? 내가 어떻게 할 수 없는 부분이 나를 평가하는 지표로 쓰이는 사실에 씁쓸했다. 그런데 영문 이력서에는 그런 칸이 아예 없었다.

예전에 어떤 분에게 '동료들은 어느 대학을 졸업했나요?'라는 질문을 받은 적이 있는데, 조금 당황했다. 우리는 정말 서로의 출신 학교에 대해 모르기 때문이었다. 나이를 물어보는 것만큼이나 어느 대학교를 졸업했느냐도 똑같이 민감한 질문일까? 내 생각에 외국에서는 출신 학교에 아예 관심이 없다. 내가 아이비리그를 나오지 않은 이상 나의 학교에 관심이 없다. 외국인의 비율이 높은 다국적 기업에 가면 더 그렇다. 서로 다른 나라에서 왔으니 본국의 대학을 졸업했을 가능성이 높다. 나와 함께 일하는 인도인이, 말레이시아인이, 네덜란드인이 어느 대학을 졸업했는지 말하면 내가 어딘지 알기나 하겠는가?

그러니 '네가 OO대학교를 졸업했으니 이만큼 하겠지?'란 기대 같은 게 없다. 대학교의 이름값보다는 그 사람이 맡은 일을 잘할 수 있는 능력이 있는지를 궁금해한다. 그가 이 일을 잘하고, 궁극적으로 내게 피해만 안 주면 된다. 굳이 관심을 보이는 게 있다면 학위나 전공이었다. 물론 이것도 회사에 처음 지원할 때나 관심이 있지 입사 후에는 아무도 내게 묻지 않았다. 여기서는 나의 학교, 학위, 전공 등에 관심이 없다. 학력보다는 실무 능력이 더 중요하다는 걸 알기 때문이다.

해외 영업, 무역 업무를 한 나를 보고 사람들은 묻는다. "전공이 경영이니? 아니면 무역? 영문학 전공했구나?" 땡! 한때 국사 선생님이 꿈이었던 나의 전공은 사학이다. 전공 때문에 원하는 곳에 취직이 쉽지 않았고, 사회에 나와서 공부를 따로 해야 했지만 그래도 후회는 없다. 싱가포르에서 일을 시작하고 나서는 전공에 대한 질문을 더 이상 받지 않았다. 졸업한 학교보다는 그가 내게 어떤 가치를 줄 것인가, 우리에게 필요한 이 일을 잘할 수 있는가로 판단한다.

그 합리성이 얼마나 경쾌했던가. 시작하기도 전에 내 발목에 모래주머니를 달고 뛰던 레이스가 아닌, 같은 조건에서 온전히 나 자신의 능력으로 남들과 겨룬다는 느낌을 받았다고나 할까. 이건 연애를 할 때도 마찬가지였다. 서열을 나누지 못해 어쩔 줄 몰라 하는 한국 사회라는 우물 안에 있다가 이곳에서 더 자유를 느끼는지도 모르겠다. 이건 비단 싱가포르가 아니라 외국에 나온 사람들이 느끼는 속 시원함일 거다.

부모님에 대한 칸도 없고, 학교는 딸랑 대학
교만 적고… 뭘로 한 장을 다 채우나? 대체 무슨
내용을 써야 할까? 국문 이력서를 쓸 때는 "영업
관리와 어쩌고저쩌고" 하며 한 줄로 퉁 쳤는데,
영문 이력서에는 내가 했던 일을 시시콜콜 다 집
어넣어야 했다. 한 줄로 압축되었던 지난 몇 년간
의 이력을 열 줄로 만들어야 했다.

'그래서… 내가 뭘 했더라?'

막상 쓰려고 보면 뭘 써야 할지 모르겠다. 그
첫 번째 이유는 회사에서 열심히 일해도 돌이켜
보면 내가 뭘 했는지 기억이 안 났고 두 번째는
'이걸 굳이 써야 돼?' 싶기 때문이었다. 한국 사
람들이 기본적으로 겸손하고 자기 피알에 서툴러
서일까. 외국에서 일을 할 때는 자신이 하는 일을
인지하고 있는 게 중요하다.

이력서를 쓰면서 나는 자주 회사 생활을 되
돌아보았다. 아침에 출근해서 커피를 마시고, 그
날의 스케줄러를 열어서 누구에게 연락을 할지,
몇 시에 납품을 할지 확인한다. 메일함을 열고
얼마나 귀찮은 메일들이 와 있나 확인하고 오늘

필요한 서류를 만든다. … 며칠간 회사 생활을 돌아보며 한 줄로 압축했던 일을 여러 줄로 풀어 썼다. '고객 응대', '월간 리포트 작성', 'XX팀과 확인하여 선적 진행'처럼. 그리고 '생산, 구매, 품질 팀과의 협업', '고객이 보내는 구매 확인서를 매의 눈으로 다시 체크하고 진행' 등의 문구를 집어넣어 내가 다른 사람과 조화롭게 일하고 꼼꼼하게 일을 처리한다는 느낌을 받을 수 있게 글을 썼다.

그러면 그런 단어는 어디서 얻었을까? 내게 최고의 교재는 구직 사이트에 올라오는 수많은 공고들이었다. 회사를 대표해서 내는 글이다 보니 격이 있고 적합한 단어와 문장인지 여러 번 검토하여 올린다. 그리고 회사에서 원하는 사람을 정확하게 구하기 위해 그 자리에 알맞은 단어들을 사용한다. 바로 그 단어들을 나의 이력서에 슬쩍 집어넣었다. 그런 과정에서 공고문에 반복되는 단어들을 보며 그들이 정말 원하는 사람이 어떤 사람인지 확인할 수가 있다.

나중에 알게 된 사실인데, 이 방식의 좋은 점은 ATS(Application Tracking System, 채용 관리 시스템)에도 들어맞았다. 보통 한 번 공고를 내면 하루

만에 수천 명이 지원하는 큰 회사일수록 이 시스템을 통해서 서류를 거른다. 이 시스템이 가장 먼저 하는 일은 공고와 이력서에 일치하는 단어가 얼마나 많은지를 가리는 것이라고 한다. 문장을 고대로 베끼는 것은 안 되고 단어를 문장에 잘 녹여서 요령껏 써야 한다. 그것도 모르고 처음에는 비슷한 단어를 생각해내느라 고생을 했다.

이제는 해외 취업을 원하는 사람이라면 필수라고 할 수 있는 링크드인(LinkedIn, 직업과 비즈니스를 위한 SNS)도 꼭 알아두어야 한다. 링크드인을 통해 관심 있는 회사나 포지션에 있는 사람들이 어떻게 자신의 직업을 묘사하는지 확인할 수 있고, 그 회사의 분위기도 간접적으로 느낄 수 있다. 링크드인을 주기적으로 업데이트 하면 내가 하는 일을 정리하고 미래에 이직을 대비하는 일석이조의 효과를 누릴 수 있다. 특히 요즘에는 많은 회사에서 관심 있는 지원자의 링크드인을 먼저 보기도 하고, 헤드헌팅 회사에서 미래의 지원자 링크드인을 보고 먼저 연락하는 경우도 많기 때문이다.

국문 이력서와 달리 영문 이력서는 일정한 양식이 없기에 만드는 사람에 따라 천차만별이다.

관련 경력이 없다고 미리 포기할 게 아니라, 본인이 했던 아르바이트, 학교 프로젝트, 공모전 등 내세우고 싶거나 지원하고 싶은 회사에 꼭 필요하다고 생각되는 경험이라면 무조건 집어넣는 게 좋다. 나라마다 선호하는 글쓰기 방식도 다르다. 예를 들어 유럽에서는 구술식으로 적는 걸 선호한다면, 싱가포르나 미국은 번호를 매기며 쓰는 방식을 선호한다. 자신이 가고 싶은 나라가 선호하는 방식이 무엇인지 확인하고, 자신의 창의성을 발휘해서 회사가 꼭 알아줬으면 하는 부분을 잘 살려서 쓰면 좋다. 그리고 이력서라고 해서 모든 것을 다 쓸 필요는 없다. 굳이 밝히고 싶지 않은 부분, 가족 사항과 같이 직업과 관련 없는 부분은 적지 않아도 된다.

취준생의 하루

아침 여덟 시 기상. 침대에서 뒤적거리다 일어남. 빵에 카야잼을 대충 발라 먹은 후 씻고 집을 나섬. 아침 열 시에 도서관 도착. 밤사이 올라온 공고가 있을까 하여 'Korean', 'Customer service', 'Logistics' 등의 키워드를 싱가포르의 모든 구직 사이트에 집어넣으며 폭풍 검색 시작. 오후 한 시 점심을 먹고 쉼. 오후 두 시부터 오전에 찾은 공고에 맞게 레주메(résumé, 이력서)를 수정하고 제출함.

중간중간 영어 공부도 잊지 않는다. 쉬운 영어 책을 읽는다. 그것도 보기 싫으면 미국 드라마를 본다. 지루하고 반복적인 일이라도 내가 여기서 매일 무언가 하고 있다는 사실이 위로가 되었다. 이런 일을 다 하지 않은 날에는 집에 가는 발걸음이 무거웠다.

정성스럽게 쓴 레주메와 커버레터 파일을 첨부하고 마지막으로 '제출' 버튼을 누른다. 그때마다 온 마음을 다해 기도했다.

"전화야 제발 좀 와라…" 이런 날의 반복 속에 울리는 전화 한 통은 희망 그 자체였다.

"여보세요."

"여기 XX회사입니다. 내일 면접 가능할까요?"

전화를 받은 날에는 하루 종일 마음이 붕 뜬 채로 예상 질문과 답을 외웠다.

"본인의 장점이 뭐죠?"

"저는 협업을 잘합니다. 영업팀에서 일하다 보니 회사 내의 다른 팀과 커뮤니케이션을 많이 해야 했습니다. 서로의 이해관계를…"

내가 했던 일도 중요했지만, 그것을 어떻게 포장하느냐가 정말 중요하다는 것은 면접을 한 번이라도 본 사람이라면 느낄 거다. '내가 이만큼 말하면 이 사람은 내가 뭘 느꼈고, 뭘 할 수 있는지 알겠지?'라고 생각할 수도 있지만, 안타깝게도 그들에게 독심술은 없었다. 내가 말하지 않는 한 정말 아무것도 모르고, 알려고 하지도 않았다. 게다가 한국어처럼 편하지가 않았으니 내가 이야기하고 싶은 웬만한 것들은 미리 영어 문장으로 만들어야 했다. 무엇보다 이곳은 나의 고향, 학교, 회사에 대한 사전 지식이 없는 사람들이 대부분이기에 오히려 더 적극적으로 나를 어필해야 했다. 오버할까 싶은 걱정보다는 자신감을 가지고 이야기하는 게 필요했다.

면접에서 가장 많이 물어보는 질문을 50개 정도 뽑아 그에 대한 답변을 만들어 달달 외웠다. 내일 면접 보러 가는 포지션에 따라 그 질문의 답은 당연히 달라졌다.

싱가포르에 온 지 3주 만에 나는 운 좋게도 면접을 보게 됐다. 그것도 내가 관심 있는 분야의, 이름만 대면 다 아는 글로벌 기업에서. 하지만 외국 회사에 대한 준비와 분위기 파악이 덜 된 상태에서 면접을 본 탓에 떨어지고 말았다. 면접 전에 나의 영어 실력을 파악하기 위해 회사에서 준비한 영어 시험을 시간 안에 다 풀지 못했을 때부터 내 멘탈은 흔들렸다.

'토익 공부 좀 해둘걸.'

비록 문제는 다 풀지 못했지만 거기 나왔던

문제는 토익 RC 마지막 파트에서 수도 없이 봤던 이메일과 통지서 지문이었다. 여전히 토익 점수와 회화 실력은 별개라고 생각하지만, 토익이 왜 비즈니스 영어를 바탕으로 만들어졌는지 깨달은 순간이었다. 흔들리는 멘탈을 겨우 붙잡고 면접관이 하는 질문에 꾸역꾸역 대답하면서 식은땀을 흘려야 했다.

강력한 한국 회사의 유혹

맨 처음 면접을 본 곳은 어느 한인 해운회사였다. 한국 회사였기에 영어 실력이 좀 부족해도 나를 뽑고 싶어 했던 것 같다. 하지만 나는 그 회사에 가지 않았다. 아직 싱가포르에 온 지 일주일도 안 된 상태여서 마음이 급하지 않기도 했고, 한국 회사에는 가고 싶지 않았다.

처음 싱가포르에서 회사를 찾을 때 세웠던 기준이 있었다.

1. 한국 회사는 NO
2. 나를 포함해 국적이 다른 사람이
   최소 다섯 명은 있는 곳

3. 한국 출장의 기회가 있는 곳

4. 무역 / 포워딩 분야

그중 절대로 양보할 수 없는 것은 첫 번째 기준이었다. 내가 생각하는 삶의 가치 중 하나는 '다양한 경험'이다. 통장이 텅장이 되어가고 불법 아르바이트를 하는 처지가 되었음에도 경제적인 이유로 나의 마지노선을 버리고 싶지 않았다. 한국에서 태어나 공부하고 일도 해봤는데 여기까지 와서 굳이 한국 회사를 다녀야 하나?

사실 싱가포르에서 엔트리 레벨(신입), 주니어(일반 사원) 직급의 연봉은 그리 높은 편이 아니다. 나는 한국에서 일한 경력이 2년이 전부라 높은 연봉을 기대할 수는 없었다. 그에 비해 한국 회사에 들어가면 같은 포지션 대비 높은 연봉을 받는다. 한국인이 필요하기도 하지만 외국에 나와 사는 사람을 배려하는 차원으로도 돈을 더 주기 때문이다. 고국을 떠나온 구직자에게 매력적인 조건이 아닐 수 없다.

싱가포르에 온 지 5개월이 지나서야 겨우 취직했으나 그 회사를 한 달 반 만에 나오고, 아르바이트를 하며 재취업을 하기까지 9개월이 걸렸다. 그 마지막 9개월 동안에 나를 부른 회사 중 한 곳은 25~30퍼센트 더 높은 연봉을 주는 한국 회사였다. 흔들리지 않은 건 아니지만, 결국 로컬 회사를 선택했다.

외국에 사는 사람의 멘탈 관리

"이제 일자리가 점점 줄고 있는데, 좀 더 일찍 오지."

헤드헌터들이 가끔 내게 말할 때마다 나를 몇 달간 붙잡고 있었던 이전 회사를 애꿎게 원망하기도 했다. 싱가포르의 구직 시장은 피크 시즌이 3월에서 10월인데, 나는 9월에 싱가포르에 도착했기 때문이다.

다행히 매주 적어도 한 군데 회사에서 면접을 보고 있었다. 그 당시 정말 신기했던 건 한국에서는 대기업들이 항상 나를 물먹였는데, 그것과는 비교도 안 되는 글로벌 기업들에서 나를 보고 싶어 하는 점이었다. 그 기업들의 사무실을 들락거리면서 해외 취업은 포기하고 싶지 않은 어떤 희망과 도전이 되어갔다. 하지만 '무소식이 희소식'이라는 문구가 적용되지 않는 유일한 분야인

구직에서 나는 절망적인 무소식의 늪에 빠져, 지원-면접의 쳇바퀴를 돌고 있었다.

'혹시 되지도 않는 꿈이 나를 말려 죽이는 게 아닐까?'

한국에서도 백수 생활은 했지만 외국에서 이러고 있으니 정신이 피폐해졌다. 거기에 불안정한 비자와 줄어드는 돈 걱정까지 더해 하루하루가 불안했다. 아는 사람도 별로 없고, 매일 면접에 떨어진 소식을 들으며 우울한 날들을 보내다가 이러고 있어서는 안 되겠다는 생각이 들었다. 아직 취직을 못한 것뿐이었다. 집과 도서관과 면접을 보는 회사를 벗어나서 더 다양한 사람들을 만나고 소속감을 회복할 필요가 있었다.

가끔씩 한인회에서 체육 대회 같은 행사의 봉사자를 모집하곤 했다. 봉사 활동에 참여하며 그분들과 친분을 쌓으면서 위안을 받았다. 일자리를 소개받고 이사할 때 도움을 받기도 했다. 무엇보다 봉사 활동을 하면서 내가 어딘가에 도움이 된다는 느낌이 우울한 기운을 사라지게 했다. 셀 수 없이 거절당하는 나 같은 사람도 누군가에게 도움이 된다는 그 느낌은 내가 다시 일어날 수 있는 힘이 되었다. 그 이후로 나는 인맥과 구직을 떠나서 매년 싱가포르에서 열리는 축제와 요양원에 자원봉사를 다녔다.

스터디나 동아리 활동도 관심사와 네트워크를 넓힐 수 있어 도움이 되었다. 스터디에서 알게된 사람을 통해 이직을 한 적도 있다. 당시 다니던 회사에서 도전 의식을 상실하고 다른 일을 하고 싶어 하던 때였는데, 함께 스터디를 하는 사람이 소개해준 회사에서 면접을 볼 수 있었다. 스터디나 동아리는 한국촌이나 밋업 같은 사이트를 통해 찾을 수 있다. 돈이 없어도 참여할 수 있는 스터디나 동아리 활동도 많다.

싱가포르에는 한국의 대학교별 동창회도 잘 운영되고 있는 편이다. 본인이 졸업한 대학교의 동창회에 참석하는 것도 도움이 될 것이다.

달라도 너무 다른 로컬 회사

나는 그 어떤 이력서에도 쓰지 않은 회사에 다닌 적이 있다. 이력서에 쓰지 않은 이유는 그 회사를 딱 한 달 다녔기 때문이다. 싱가포르에서 맨 처음 나를 받아주었던 그 회사는 불법 체류자에 한 발자국씩 다가가고 있던 나를 구제해준 정말 고마운 회사였다. 그리고 한국인이 한 명도 없었기에 정말 도전적인 자리이기도 했다. 그 회사는 로컬 회사로 한두 명을 제외하고는 모두 싱가포르인으로 구성된 회사였다. 싱가포르에서 회사를 다니는데 싱가포르 사람이 많은 건 당연한 일이겠지만, 내게는 그렇지 않았다. 이곳에 산 지 이제 6개월이 된 사람, 그전까지 외국 회사는 커녕 해외여행도 해보지 못한 나 같은 사람은 그런 환경을 감당하기 쉽지 않았다. 그동안 내가 알게 된 싱가포르인이라고는 기본적으로 한국에 관심 많은 이들, 자주 가는 가게의 엉클(uncle)과 앤티(auntie)들이 다였다. 기본적으로 내게 호의를 가지고 있어서 내가 말을 잘 못하고 실수를 해도 알아서 이해해주던 사람들이었다. 하지만 회사에는 당연히 그런 호의가 없었다.

싱가포르는 화교가 주를 이루는데 그 회사도 화교가 많았다. 따라서 영어와 중국어를 구사하는 사람들이 많았다. 다 같이 영어로 회의를 하다가도 갑자기 자기들끼리 중국어로 이야기하는 일이 종종 있었다. 비단 이 회사뿐 아니라 싱가포르인이 많은 곳에서 흔히 겪는 상황이다. 물론 좋은 행동이라고 할 수는 없지만, 내가 굳이 몰라도 되는 일이기 때문에 그렇게 행동한다. 시간이 조금 지나고 나서야 그들에게 중국어가 더 편할 뿐이고 나쁜 의도가 없다는 것을 알게 됐고, 이제는 아예 신경도 안 쓰거나 '나 여기 있거든?', '잉글리시 잉글리시!'라고 말한다. 하지만 그때는 소심해서 영어로 해달라는 말도 못 하고 무시당하는 것 같아 혼자 상처받았다. 얼마 전 읽은 미셸

오바마의 〈비커밍〉이라는 책에는 한 사회에서 소수의 사람은 숨만 쉬고 살아가는 그 자체만으로도 정말 많은 에너지가 필요하다고 했다. 바로 내가 그랬다. 한국에서만 살다가 한국인이 한 명도 없는 꽉 막힌 사무실이라는 공간에 있으니 가만히 있어도 영혼이 가출하는 느낌이었다.

기대하지도 않았지만 한국인의 정 같은 것도 없었다. '같은 팀이니 너의 잘못도 우리가 함께 책임진다!'라는 건 당연히 없었다. 모든 건 나의 책임, 내가 알아서 해야 했다. 그리고 가장 놀랐던 건 모든 걸 다 문서로 기록하는 싱가포르인의 치밀함이었다. 대충 전화로 해도 될 법한 일도 이메일로 기록을 남기는 건 기본이었다. 굳이 없어도 될 것 같은 서류들은 또 얼마나 많은지!

"한국 사람들이 많이 착각하는 게 있는데 회사 안과 회사 밖의 싱가포르인은 정말 달라. 한국 사람이라면 환대하는 싱가포르인만 만나다가, 회사에서 사무적인 싱가포르인에게 상처받은 한국 사람들이 얼마나 많은 줄 알아?"

회사에 들어가기 전, 한 지인이 내게 그런 이야기를 한 적이 있다. 회사 생활은 친구나 동아리와는 다르다는 것을 이미 경험했기에 어느 정도 마음의 준비는 했지만, 생각했던 것보다 훨씬 힘들게 느껴졌다. 아직 영어도 서툴고 이들의 문화도 다 파악하지 못한 상태였던 나는, 매일 한 공간에서 그들과 함께 있으면서 파티션 너머로 오가는 이야기의 절반도 채 알아들을 수가 없어 정말 답답했다. 점심시간에는 한국 문화를 이야기하며 조금 친해졌나 싶다가도 책상 위 컴퓨터 앞에서는 차가운 사수를 보며 늘 긴장을 해야 했다.

나중에 다국적 기업을 다녀본 후에야 같은 싱가포르라도 회사마다 분위기가 다르다는 걸 알게 됐다. 한 사무실에 여러 나라에서 온 사람이 있다면 서로의 다른 문화적 배경을 배려하는 분위기가 전반에 깔려 있다. 주류와 비주류 문화가 없다. 내가 어떤 뉘앙스나 분위기를 몰라도, 그들이 쓰는 은어를 이해하지 못해도 나를 배려한다. 나도 마찬가지다. 하지만 한 나라 사람들의 비중이 월등히 높은 로컬 회사는 어쩔 수 없이 그 나라만의 문화나 분위기가 회사 전반에 깔려 있다.

여담이지만, 비슷한 이유로 한국인의 비중이 높은 한인 회사는 외국인들이 적응하기 힘들다. 까라면 까야 하는 한국의 문화라든가 고무줄 같은 퇴근시간, 본사의 규정에 따르는 휴가일수(다시 말해 줄여버리는) 등 이유는 다양하다. 퇴근 시간 30분 전에 업무를 줘도 군말 없이 하는 한국인들과 달리 당당하게 내일 하겠다고 말하는 싱가포르인. 본사에서는 시간과 상관없이 일이 내려오고, 그것을 처리할 사람은 자연스럽게 한국인이 된다. 한국인 상사는 당연하게 한국인 직원에게 마음이 더 기운다. 그렇다 보니 한국 회사의 외국인 이직률은 높은 편이다.

싱가포르의 기업은 대부분 점심시간이 자유롭다. 한국에서야 같은 팀이 꼭 다 같이 점심을 먹으며 밥 먹을 때도 보기 싫은 그의 얼굴을 봐야 하지만, 이곳에서 점심시간은 자유 시간이다. 그런데 그 로컬 회사는 그렇지 않았다. '네트워킹'이란 명목으로 모두 꼭 같은 시간에 점심을 먹었다. 테이크아웃 문화가 발달한 덕분인지 점심시간에 모두 밖에서 점심을 사 와서 사무실에서 같이 먹었다. 밥을 같이 먹는 것은 상관없지만 가끔은 점심을 먹고 난 후 남은 시간 동안 잠시 눈을 붙인다거나 바람을 쐬러 갈 수 있지 않나? 그곳에서는 그럴 수가 없었다. '얘들아, 밥 먹고 계속 앉아 있으면 속이 불편하지 않니?' '네트워킹'이라는 명목으로 밥을 먹고 같은 자리에 앉아서 계속 이야기했다. 사소하고 시시콜콜한 이야기들이었다.

어느 날 자리에 앉아 이야기를 듣고 있던 나는 속이 더부룩해서 밖으로 나갔다. 다음 날에는 쉬고 싶어 책상에 엎드려 있었다. 그리고 며칠 후 나를 둘러싼 묘한 분위기를 느꼈다.

"너는 우리랑 네트워킹하는 거 싫어?"

"아니 난 그저 속이 좀 불편해서. 가끔씩 바람도 좀 쐬고 싶고."

"우리랑 자주 좀 어울리자."

사실 내가 상상했던 외국의 직장은 점심시간에 혼자 밥을 먹으러 나가거나, 바쁠 때는 샌드위치를 사 와서 우걱우걱 씹으며 가끔씩 열일하는 그런 모습이었다. 그런데 여기까지 와서 밥 먹는 것까지 단체 행동을 매일매일 해야 한다니, 여기가 한국인지 외국인지 헷갈렸다.

"뭐해? 밥 먹자."

"응, 먼저 먹어. 나 이것만 좀 하고."

몇 번 같이 밥을 안 먹거나 늦게 합류했더니 다시 분위기가 이상해졌다. 밥 먹는데 이렇게 눈치를 봐야 하다니….

　'아, 진짜 춥네. 에어컨이라도 틀어서 겨울을
못 지내는 한을 풀려고 하나. 사무실만 들어오면
겨울이야.'
　싱가포르 사람들이 '인류 최고의 발명품'이라
고 부르는 에어컨. 당장 가까운 쇼핑몰만 가도 어
찌나 에어컨을 빵빵하게 틀어놓는지 일 년 내내
한여름인 이 나라에서 재킷을 들고 다녀야 한다.
사무실도 다르지 않다. 사무실에서 몇 시간 동안
앉아 일을 하고 있다 보면 추운 공기에 온몸의 근
육이 서서히 경직되어 간다. 안 그래도 거북목이
되고 있는데 어깨까지 힘이 쫙 들어가 어깨가 결
렸다. 컨디션이라도 좋지 않은 날엔 바로 감기,
냉방병에 걸리는 건 시간문제. 그래서 몇 시간씩
일하다가 5분 혹은 10분 정도 바깥바람을 쐬러
나가는 건 필수다. 꼭 에어컨 때문이 아니더라도
답답한 사무실에서 벗어나 바람을 쐬든, 담배를
피우든 잠시 밖으로 나갈 수 있지 않나? 그 회사
는 그걸 이해하지 못했다.
　"너 어디 갔다 왔어?"
　"바람 쐬고 왔는데?"

"앞으로는 나한테 말하고 갔다 와."

'뭐라고? 내가 30분 자리를 비운 것도 아니고 고작 10분 나갔다 온 건데 나갈 때마다 너한테 이야기를 하고 가라고? 여기가 감옥이야?'

그 전부터 냉랭한 분위기는 느꼈지만 그 말을 듣자마자 그간의 정이 싹 사라졌다. 그 회사 사람들은 그런 일이 아무렇지 않은 듯했다. 이곳에 오래 산 한국인이나 싱가포르인들과 이야기하면서 내가 이상한 게 아니라 회사가 이상하다는 말을 들으며 스스로 위로를 했다. 하지만 내일 회사에 가야 하는 사실은 변하지 않았다.

게다가 그 당시 내 영어 실력은 정말 형편없어서 말을 못 알아들어 고생한 적이 한두 번이 아니었다. 그런 일들이 겹치며 그곳에 대한 마음이 멀어져 갔다. 그런 일이 불과 한 달 사이에 일어났다.

다리를 태우지 마라?

Don't burn the bridge.

혹시 들어본 적이 있는지 모르겠다. 다리를 태우지 말라고? 회사를 그만둘 때 이제 안 볼 사이라고 함부로 행동하지 말라는 뜻이다. 속된 말로 하자면, '회사 그만둔다고 개판 치지 마라' 정도가 될까? 그 당시에는 몰랐지만, 이런 이야기를 하는 게 부끄럽지만, 시간이 지나 생각해보니 그 로컬 회사에서 나는 다리를 활활 태우고야 말았다.

"혹시 전에 일하던 한국인 알아요?"
"아뇨, 몰라요. 왜요?"

"그 친구가 일도 제대로 안 하고, 거기 한국인이 아무도 없다고 아무렇게나 행동한 모양이더라고요. 아무도 한국말을 못 알아듣는다고 근무 시간에 한국에 있는 부모님, 친구들한테 엄청 전화하고. 그래서 좀 문제가 있었던지 빨리 그만뒀어요."

고객사와 통화하던 중 우연히 그 이야기를 들었다. 그런 이야기를 동료가 아닌 고객사에게 듣게 되다니 기분이 묘했다. 그러면서 조금씩 이해가 갔다. 유독 내게 차갑게 굴었던 이유, 괜히 내 앞에서 무게 잡은 이유. 사사건건 내가 하는 일을 좀 심하다 싶게 확인하던 사람들. 점점 기분이 나빠졌다. 안 좋은 한국인을 만났던 건 미안한 일이지만, 나는 엄연히 그녀와 달랐다. 그런데 나를 그녀와 싸잡아 취급하며 일일이 간섭하는 것이 못 견디게 짜증 났다.

Hello,

How are you? We have a position which you may be interested …

그들에게 질려갈 무렵 예전에 몇 번 연락했

던 헤드헌터에게 연락을 받았다. 이런 자리가 있는데 어떠냐는 그의 질문. 생각해볼 필요도 없었다. 무조건 예스! 3일 후 그 회사와 면접을 봤다. 그 회사는 내 사정을 이해한다는 듯이 면접 시간도 저녁 여섯 시 이후로 잡았다.

"와! 너 영어 잘하는구나." 새로운 회사와 면접을 하는 도중 면접관이 내게 말했다. 내가 영어를 잘한다고? 그 로컬 회사에서 영어 못한다는 소리만 듣고 있어서 그런지 조금 어리둥절했다. 하지만 뭐 어떠랴, 지금 있는 곳에서 나를 빼내주기만 한다면. 두 차례 면접을 봤고 그는 내가 마음에 든다며 당장 함께 일하자고 했다.

"그만두기 2주 전에 회사에 공지를 해야 하는 건 알지?" 회사에 따라서 조금씩 다르지만 보통 일을 그만두기 2주 내지 한 달 전에 공지를 하는 게 대부분의 싱가포르 근로계약서에 적힌 내용이다. 만약 2주 동안 더 일하고 싶지 않으면 그날부터 회사를 나오지 않는 대신 지난 2주 동안 내가 일한 대가는 회사에 속한다는 게 계약서의 내용이다.

'어차피 그만둘 회사인데 2주 더 있으면 서로 피곤하기만 하지. 오늘까지만 일한다고 말하자.'

"저 일을 그만둘까 해요."

"왜? 외국인이 적응하는 데 시간이 걸리는 거 알아. 네 상사 때문에 그래? 그이 성격이 좀 까탈스러운 면이 있잖아. 아직 그 애도 어려서 그래. 난 네가 잘 해낼 거라고 봤거든. 조금만 더 있어 보면 어때?"

"미안해요. 저는…"

영어도 못하는 회사 부적응자인 나를 말릴 거라고는 생각지도 못했다. 사장은 내 이야기를 듣고 바로 내 상사를 불러 급박하게 회의를 하는 것 같아 보였다. 하지만 나는 그만둔다고 말한 바로 그날, '2주 전 공지'를 하는 대신 급여를 포기하고 회사를 나왔다. 계약서를 어긴 것도 아니었고, 문제 될 게 없었다. 비록 한 달이었지만 이 지긋지긋한 회사를 나오다니 그렇게 자유로울 수가 없었다. 나는 대학에 합격한 고3, 취업에 성공한 졸업 예정자의 기분으로 행복하게 하루하루를 보냈다.

"비자는 어떻게 진행되고 있어요?"

"MOM(Ministry of Manpower, 싱가포르 노동부)에 서류는 냈고, 지금 결과를 기다리는 중이야. 연락받으면 알려줄게."

보통 2주면 비자 발급 여부를 알 수 있다. 그런데 비자 신청을 했다는 날로부터 2주가 지났는데도 회사에서 연락이 오지 않았다. 슬슬 불안해지기 시작했다. 그 이전에 가지고 있던 비자가 회사를 그만두면서 만료되었고, 나는 싱가포르에 체류할 수 있는 한 달의 기간만 남겨둔 상태였다. 한 달이 지나면 나는 졸지에 불법 체류자가 되는 거였다. 초조했다. 어느 날 아침에 '악! 비자!' 하며 눈을 떴다. 회사에서는 계속 확인 중이라는 답변을 했고, 이대로는 안 되겠다 싶어 나를 면접 봤던 이사에게 전화를 했다.

"음, 이런 말을 하기 좀 그렇지만 같이 일을 못할 것 같아요."

"갑자기 왜요?"

"죄송합니다. 그냥 지금 사정이 좀 바뀌어서 사람이 필요 없을 것 같아요."

"2주 전까지만 해도 좋다고 했잖아요. 왜 그런지 이유라도 좀 말해줘요."

그는 이유를 말해달라는 요구에 계속 말을 얼버무리다가 '내가 영어를 잘하는 것 같지 않아서 못 뽑겠다'고 했다.

"면접 볼 때는 나보고 영어 잘한다면서요. 그

말은 뭐였어요?"

　내 영어 실력과는 별개로 그의 말은 명백히 급조한 티가 났다. 왜? 왜? 뭐 이런 황당한 경우가 있을까? 미리 언질이라도 주었으면 다른 회사라도 구했을 텐데 왜 이럴까? 왜 갑자기 그는 말을 바꾼 걸까? 면접을 두 번이나 보고, 계약서도 썼는데 일이 이렇게 될지는 정말 꿈에도 생각지 못했다.

　'나보다 영어 못하는 애들도 취직해서 잘만 살고 있는데 나만 왜 이러지?' 그 이후로도 그에게 몇 번 연락을 했지만, 그는 내 연락을 철저히 무시했다. 나를 뽑겠다고 해놓고 일이 어떻게 되어가는지 말을 안 해주는 사람들. 내가 외국인이니 비자가 없으면 곧 추방되는 걸 뻔히 알면서도 신경도 안 쓰는 사람들.

　그때 심각하게 싱가포르를 떠나기로 작정하고 마지막으로 한 번만 더 도전하기로 했다. 그런데 정말 취직이 되어버렸다! 그것도 내가 원하는 근무 환경인 회사로. 어쩌면 내가 정말 원하는 회사는 따로 있었기 때문에 그런 일을 겪었던 게 아니었을까? 신기했다.

새로운 회사에 적응하고 싱가포르라는 나라에도 완벽하게 적응해가는 하루하루, 바쁘게 흘러가는 시간 속에서 나를 거절했던 그 회사가 가끔 떠올랐다. '왜 갑자기 그는 말을 바꾸었을까?' 정확한 이유야 그만이 알겠지만 아무리 생각해도 이유를 알 수가 없었다. 내가 영어를 못해서라고 결론을 내렸지만 마음 한구석에 여전히 의문은 남아 있었다. 그러다가 우연히 눈에 띈 단어. 레퍼런스(Reference, 추천서). 외국에서는 구직자가 새 회사에서 면접을 볼 때 이전에 일했던 회사에 전화해보는 곳이 꽤 있다. 그래서 영어 이력서의 맨 마지막에 구직자에 대해 이야기해줄 회사의 전 동료를 적기도 한다.

나는 이력서의 자리가 모자라서 레퍼런스를 적지는 않았다. 어차피 이전 직장이 이력서에 적혀 있는 이상 연락처를 알아내서 전화하는 건 식은 죽 먹기이기도 하고, 레퍼런스를 쓰는 경우라도 구직자가 미리 이전 회사에 이야기해 놓는 경우도 많아서 구인하는 회사에서 크게 신뢰하지는 않는다고 한다. 아무튼 레퍼런스까지 생각이 미치자 나는 그가 전 회사에 전화했을지도 모르겠다는 생각이 강하게 들었다.

그러고 보니 나는 너무 순진하게도 그와 함께 회사 욕을 했다. "그런 회사는 빨리 나와. 그리고 나랑 같이 일하자"라고 말했더라도, 아무리 우리가 친구 사이처럼 편하게 대화를 했다 해도 그는 면접관이었다. 지나치게 내 속을 보였던 걸까. 거기까지 생각이 미치니 내가 정말 아마추어구나 싶었다. 확실한 건 아무것도 없지만, 당장이라도 내일 같이 일하자고 했던 그가 한순간 마음을 바꾼 게 그것 말고 다른 이유가 있을까.

"다리를 태워라. 활활."

나는 개념 없이 회사를 나왔던 거였다. 그만둔다고 말한 그날을 끝으로 회사에 안 나온다니. 아무리 계약서상으로 문제가 없고, 2주일 치 월급을 받지 않았다고 해도, 도리란 것이 있지 않나. 한국에서 회사를 그만둘 때는 내 후임을 찾고 인수인계까지 하느라 3개월을 더 다녀놓고는 싱가포르에서는 그러지를 못했다. 철없게도 여긴 외국이니까, 아무도 나를 모르니까, 했던 것 같다.

이유가 어찌 됐든 그때 내 행동이 좋은 행동이 아니었다는 사실을 시간이 지나 깨달으면서 얼굴이 화끈거렸다. 다행히 제대로 직장 생활을 시작한 회사에서는 그 전 회사에 전화를 하진 않았지만 면접을 볼 때마다 프로페셔널인 척하고 다닌 내 자신이 부끄러웠다.

"Don't burn the bridge!" 첫인상도 중요하지만 떠날 때의 뒷모습도 중요하다는 것.

여담인데. 내 취업 비자를 발급하던 직원이 내가 이전 회사에서 한 달간 일했던 기록을 발견했다.

"너 몇 달 전에 한 달 동안 일했었니?"

"어, 그거, 인턴이었어." (임기응변에 이렇게 뛰어나다.)

"그랬구나. 난 또 네가 빨리 일을 그만두는 그런 사람일까 봐."

순간 가슴이 철렁했지만 그 일은 별문제 없이 지나갔고 취업 비자도 최종적으로 받았다.

그럼에도 불구하고

"나 그냥 한국에 돌아갈래. 여기서 뭐하겠니, 내가. 할 만큼 다 한 것 같아."

친한 인도인 친구에게 말했다. 그간 나에게 일어난 모든 일뿐 아니라 하루에도 열두 번씩 바뀌는 내 마음까지 알고 있던 친구였다. "그래, 네가 그렇게 결정했다면야…."

집주인에게도 한국으로 돌아갈 예정이라 이번 달만 살겠다고 말해두었다. 싱가포르에 더 이상 미련이 남지 않았기에 주저할 이유가 없었다.

'내가 집착했던 거야. 여기서 취업하는 게 뭐라고. 여기서 못 했다고 세상이 끝나는 것도, 패배자가 되는 것도 아닌데….' 그렇게 생각하니 싱가포르에 와서 처음으로 마음이 편해졌다.

'잘 잤니? 오늘 잠깐 볼래?' 아침 일찍 친구에게서 문자가 와 있었다. 떠나기 전에 친구 얼굴이나 자주 보고 가자, '오케이!'

"진짜 갈 거야? 한 번만 더 도전해봐. 내가 도와줄게."

"그 말은 이제 그만해. 싱가포르라면 꼴도 보기 싫어. 지금 우리가 있는 이 쇼핑몰도 지겹고, 날씨도 지겹고, 돈만 밝히는 인간들도 짜증 나."

"이렇게 가기 아깝지 않니?"

"전혀."

"난 이렇게 된 게 오히려 일이 더 잘 풀리려는 신호 같아. 넌 취직을 못 했던 것도 아니고 이미한 번 해봤잖아. 네가 절대 못나서가 아니라는 증거라고. 이번만 넘기면 정말 좋은 자리를 찾을 수있을 거야."

"…"

"그 사람 의지가 얼마나 강한지 하늘에서 시험하려고 위기를 준다는 말도 있잖아. 딱 두 달만, 아니 한 달만 있어봐. 난 네가 한국으로 돌아가는 거 싫어. 나도 네가 할 만한 일이 있는지 찾아볼게."

머릿속에는 이곳을 떠나야 할 많은 이유가 있었지만 친구에게는 무의미한 것 같아 그의 말을 듣기만 했다. 사실 내가 싱가포르를 떠난다는데 말리는 사람이 있다는 것이 내심 고마웠다.

"알겠지? 가지 마. 나도 도울게." 손을 놓으면 내가 도망가기라고 할 것 같았는지 그는 내 손을 꼭 쥐었다. 나는 아무 말도 하지 않았지만, 전에는 느껴보지 못한 묘한 기분을 느꼈다.

회사, 일, 취직, 비자, 돈 … 내가 원하는 것들은 다 내게 없었다. 이렇게 간절히 원하는데 왜 아무것도 주어지지 않는지 매일 원망과 분노가 쌓여가고 있었다. 자괴감이 내 마음에 가득 차서 내 눈을 가리고 있었다. 일을 찾고, 경력을 쌓기 위해 항상 긴장하고 있었다. 옆을 돌아볼 여유가 마음에 없었는데, 친구의 말 한마디에 작은 여유가 생겼다. '이런 친구가 있다면, 이런 사람들이 있다면 설사 또 안 되더라도 조금만 더 버텨볼 가치가 있지 않을까?'

비록 통장 잔고가 바닥을 치는 백수였지만 그렇게 오고 싶었던 외국에서 살고 있었다. 매일 이국적인 풍경을 보고 있었다. 나를 좋아하는 사람도 생겼고, 가끔씩 만나 시답잖은 이야기를 하며 웃을 수 있는 사람도 있었다. 부산에서처럼 버스를 타고 가면 언제든지 바다도 볼 수 있었다. 심지어 모든 것을 할 수 있는 쇼핑몰도 있는데!

나는 항상 생산적인 것, 실질적으로 도움이 되는 것에 따라 움직였다. 하지만 그때 처음으로 우정에 대해 생각하게 됐다. 취직이라는, 나를 숨 막히게 하는 이유가 아니라, 사람 때문에 싱가포르에 있고 싶은 마음이 생겼다.

그다음 날부터 친구는 매일 이메일로 내가 지원해볼 만한 구인 공고를 보내주었다. 솔직히 그가 보내주는 것 중에 쓸 만한 건 없었지만, 그 마음만으로도 고마웠다. 사실 싱가포르에 더 있고 싶은 마음은 생겼어도, 다시 이력서를 내고 면접을 보는 과정을 떠올리는 건 끔찍했다. 하지만 그 이메일 덕분에 딱 한 번 더 도전하고 싶은 마음이 생겼다. 아무것도 보기 싫어 다 손 놓고 있었는데, 마음에 생기가 돌았다. 다시 취직을 원하게 됐지만, 예전과는 마음가짐이 달라졌다. 그때처럼 집착하지 않았다. 그리고 현실을 직시할 힘이 생겼다.

그런 내 눈에 만료가 다 되어가는 비자가 보였다. 꼴도 보기 싫어 일부러 신경도 안 쓰고 있었다. 한 달밖에 일하지 못했던 회사와 갑자기 내가 싫다던 회사가 떠올라 버림받은 기분에 괴로웠기 때문이었다. 그리고 비자를 연장하기 위해서는 귀찮게도 싱가포르 국경을 넘었다가 돌아와서 90일짜리 관광 비자를 받아야 했다. '그래, 이게 정말 마지막이야.' 기꺼이 다녀오기로 했다. 통장 잔액을 생각하면 불안했지만, 마음을 다잡고 말레이시아에 다녀왔다. 다시 일자리를 알아보고 아르바이트도 시작했다. (물론 내가 가지고 있던 비자로 일하는 건 불법이었지만.)

적은 돈일지라도 다시 돈을 벌 수 있어서 마음이 흐뭇했고, 비자도 무사히 연장되었다. 이력서를 내고 면접을 보러 다니는 일과가 다시 시작되었는데 희한하게도 예전처럼 괴롭지 않았다. '이렇게 일자리가 많았나? 지원해보고 싶은 곳이 정말 많네.'

더 이상 예전처럼 발을 동동거리지도 않았다. 내게 2차 면접을 보자며 전화를 해 온 회사에 그날은 바쁘니 다른 날에 면접을 보자는 패기도 부렸다. 그렇게 한 달가량을 보낸 후, 나는 정식으로 새로운 회사에 취직했다. 게다가 동시에 세 군데나 합격했다. 인생은 정말 알 수가 없었다. 당장 이번 달 월세를 걱정하고 있던 내가 지금은 새로운 회사에서 막 일을 시작하려 하고 있었다. 한 번 취직을 해봤기 때문인지, 온갖 일을 겪고 새로 시작해서인지, 예전처럼 설레거나 소리 지르고 싶을 정도로 가슴이 뛰지는 않았다. 마치 이럴 줄 알았다는 듯 덤덤했다.

회사에서 본격적으로 일을 하게 되면서 나를 잡아준 그 친구에게 정말 고마웠다. 사람 때문에 좌절을 했지만 역시 사람 때문에 다시 살아갈 힘을 얻었다. 싱가포르에 온 지 10개월 만에 제대로 일을 시작하게 됐다. 왜 그렇게 오래 걸렸을까? 왜 그렇게 이상한 사람들을 만났을까? 내 친구들은 다들 빨리 잘만 취직했는데 난 도대체 왜 그래야 했을까? 어쩌면 인생에서 더 소중한 것을 배우기 위해 그런 일을 겪었나 싶은 생각도 든다. 신기하게도 마음을 바꾸고 내 시야를 넓히자 일이 착착 진행됐다.

그래, 내가 원하던 바야

새 회사에 첫 출근 하던 날, 늘 그랬듯 아홉 시보다 15분 일찍 사무실에 도착했다. 그런데 사무실에 있는 사람은 딱 한 명. 10분이 지나도 그대로였고, 8시 55분이 되자 한두 명씩 문을 열고 들어왔다. 그래도 아직 반이 안 왔다. 아홉 시에서 5분이 지나고 10분이 지나서야 책상 주인 대부분이 왔다. 그리고 30분이 되었을 때, 마침내 자리가 다 찼다.

그날만 그러려니 했다. 이틀이 지나고 일주일이 지나도 이런 식이었다. '다들 너무 제멋대로 하는 거 아니야?' 늘 아홉 시까지, 아니 아홉 시 전에 회사에 와서 컴퓨터를 켜고 마실 커피를 준

비한 후, 9시에는 무조건 착석해야 하는 곳에서
살다가 온 나는 이곳 문화가 익숙지 않았다.

그뿐만이 아니었다. 회사에서는 며칠간 출근
하기 힘든 직원의 사정을 생각해 3일간의 재택근
무를 허락했다. 물론 모든 회사에서 이렇게 재택
근무를 허락하는 건 아니지만, 회사에 따라 혹은
상사와 나 사이의 신뢰도에 따라 충분히 가능한
일이다. 사실 요즘 세상에 우리가 사무실에서 하
는 일은 인터넷과 컴퓨터가 있는 곳이라면 어디
서든 할 수 있는 일이다. 업무 시 주로 사용하는
게 이메일과 메신저 그리고 전화 아닌가? 회의나
고객과의 미팅이 있을 때는 출근해야 하지만, 꼭
사무실에 가지 않아도 해결할 수 있는 일은 의외
로 많다. 그리고 유연한 회사라면 그 점을 십분
활용한다. 힘들게 직원을 오라 가라 하지 않고 직
원이 일할 수 있는 곳에서 일하게 한다.

"제가 아이를 직접 등교시키고 싶어요. 열 시
까지 출근해도 될까요? 퇴근은 일곱 시에 할게
요."

회사와 출퇴근 시간을 조정한 직원은 다른
동료들보다 한 시간 늦게 출퇴근을 한다. 별로
중요한 직급이 아니라서 그런 거 아니냐고? 그

녀는 동남아 11개국과 인도까지 총괄하는 본부장이다. 그러나 본부장이 회사보다 가정에 더 신경 쓴다는 괴상한 말은 나오지 않는다. 사실 한 시간 늦게 출퇴근한다고 해서 큰일이 벌어지는 것도 아니고, 그래서 사고가 난다면 진작 났을 사고다.

한 번은 동료의 약혼자가 미국으로 3개월 동안 가야 할 일이 생겼다. 그 동료는 약혼자와 떨어지기 싫어서 밑져야 본전이라는 마음으로 회사에 원거리 근무를 신청했다. 평소에도 일을 열심히 하기로 유명한 그녀를 신임하던 사장은 그 요청을 수락했다. 그녀는 3개월 동안 미국에 있었지만, 평소와 다름없이 깔끔하게 일을 처리했고, 월급도 받았다. 3개월 동안 원격 근무를 하겠다고 하면 그만두라고 말할 사람들이 많은 한국에서는 상상하기 어려운 획기적인 일이었다. 이런 유연한 환경이 직원들의 생산성과 애사심을 더 키우지 않았을까? 그 모습을 본 내 마음 속에서도 애사심이 자랐으니까.

특히 싱가포르는 아시아 지역의 본사가 많아서 다른 지사에서 싱가포르 본사에 보고를 하는 상황이다 보니 다른 지사의 정보를 쉽게 들을 수 있다. 파견 근무를 요청하는 것이 수월하고 길도 많이 열려 있다. 외국계 기업의 한국 지사에서 일하다가 싱가포르 지사로 몇 년간 파견 근무를 오신 분들도 많았다. 그런 길을 통했다면 처음에 그렇게 고생할 필요도 없었을 것이다. 그런 건 왜 매번 나중에야 보이는지….

나만의 점심시간

내가 가지고 있던 점심시간에 대한 로망 아닌 로망은,
- 바쁠 때는 샌드위치를 먹으며 모니터 앞에서 계속 일하기
- 혼자 있고 싶은 날은 혼밥하기

한국에 있을 때는 언제나 단체로 밥을 먹는 상황에 익숙했다. 전에 일했던 곳은 구내식당이 있어 그 운영 시간에 맞추기 위해서라도 그랬다. 살면서 가장 많이 나를 괴롭히는 질문인 '점심때 뭐 먹지?'를 해결해준 참 고마운 곳이긴 했지만.
나는 싱가포르 회사의 자유로운 점심시간과 금세 사랑에 빠졌다. 점심시간은 대체로 정오부

터 한 시까지인데 정해놓지는 않았다. 배가 고픈 사람은 열한 시가 좀 지나고 나가도 상관없다. 한창 일에 탄력이 붙어 그 흐름을 놓치고 싶지 않거나 배가 고프지 않은 사람은 두 시에 나가서 밥을 먹어도 된다. 내가 먹고 싶을 때 밥을 먹는 것, 특히 내가 원하는 사람들과 밥을 먹거나, 혼자 먹어도 되는 자유가 정말 소중했다.

전에는 몰랐는데 점심시간에 내가 먹고 싶은 것을 먹거나, 혼자 온전히 그 시간을 쓰는 것이 내 스트레스를 얼마나 줄여주는지 깨달았다. 그 한 시간이 뭐 별거냐 할 수 있지만, 오전에 언짢은 일이 있다면 혼자서 밥을 먹으며 생각을 정리할 수도 있고, 책을 보면서 나 자신을 다독일 수도 있다. 물론 내가 원하는 사람과 한바탕 수다를 떨 수도 있다. 직장인의 점심시간이 행복하지 않다면 그건 밥 먹을 때도 신경 써야 하는 인간관계 때문일 것이다. 대부분의 직장인은 하루 대부분의 시간을 누군가가 시키는 일만 한다. 그 와중에 한 시간을 내 맘대로 온전히 쓸 수 있다는 건 하루 종일 휘둘리는 내 시간을, 넓게는 내 인생을 지켜주는 소중한 것이다.

'제발 밥 먹을 때만이라도 얼굴 좀 보지 맙시

다!' 우습지만 점심시간을 자유롭게 쓰는 건 멘탈 관리에 정말 도움이 되었다. 오전 시간을 정리하고 오후 시간을 준비하는 것은 내 생산성을 높여줬다. 덕분에 점심시간에 독서를 자주 할 수 있었고, 혼자 이런저런 일을 많이 꾸밀 수도 있게 되었다. 내가 의외로 혼밥과 혼자 있는 것을 좋아하는 사람이었다는 것도 알게 되었다. 싱가포르에서 일하며 나에 대한 새로운 사실을 알게 된 시간이었다.

할 말은 하고 삽시다

사장이 오랜만에 사무실에 왔다. 한 직원이 쪼르르 사장실로 들어갔다. 그리고 5분 후, 사장실에서 정말 무시무시한 말다툼이 들리기 시작했다. 친구들끼리도 저렇게 싸우는 것을 들어본 적이 없던 나와 사무실의 모든 직원은 다 얼음이 되었다. 20분쯤 지났을까? 동료가 사장실에서 나왔다. 나와 눈이 마주친 그녀는 웃으며 인사하고 자리로 돌아갔다. 그 방에서 나온 사장도 마찬가지였다. 둘은 SNS 마케팅에 대해 이야기를 했는데 서로 의견이 안 맞았는지 논쟁을 하다 온 사무실이 떠나가라 싸웠다. 직급에 대한 개념이 한국처럼 명확하지 않은 싱가포르라 해도 그녀의 직급은 한국의 '주임' 정도였다. 그 주임이 사장과 대판 싸우고 나온 것이다. 그리고 그다음 날 둘은 웃으며 서로 인사했다.

싱가포르에서는 자기 생각이 맞다는 확신이 있다면, 직급과 상관없이 사장이나 이사나 누구에게든 자기 의견을 소신 있게 말한다. 분명히 위아래는 존재하지만 서로 평등하게 소통한다. 저렇게 죽일 듯이 싸워도 된다는 건 아니지만, 언쟁을 벌일 수도 있는 환경에서 일하고 있다.

사실 내가 제일 힘들었던 건 바로 이런 환경이었다. 한국에서 일할 때 어느 누구도 말단 사원인 내 의견을 궁금해한 적이 없었다. 내 의견을 말하면 '말대꾸'라는, 요즘 초등학생한테도 안 쓸 말을 듣기도 했다. 생각하는 법을 잊고 살아온 나는 여기서 내게 말을 시키는 사람들이 처음에는 두려웠다. 영어 울렁증까지 있으니 더했다.

"이 건은 어떻게 진행되고 있니?"

"또 다른 아이디어는 없니?"

'며칠 전에 물어봐 놓고는 왜 또 물어봐?'

몇 번 질문에 대답을 못 하고 지나간 후로는

생각이 떠오를 때마다 그걸 적어두기 시작했다. 그리고 누군가 불시에 지금 하고 있는 일에 대해 물어보면 그 노트를 참고했다. 사람들은 내 의견에 귀를 기울이고, 그걸 실제 업무에 반영했다. 비로소 능동적으로 재미나게 일하는 게 뭔지 깨달았다. 일을 더 잘하기 위해 관련 분야의 책을 읽고 인터넷을 뒤졌다. 자유롭게 의견을 말할 수 있는 분위기는 의욕을 자극했다. 내 말에 책임을 느껴서라도 더 열정적으로 일했다. 역시 사람이란 자기 말을 듣고 인정해주는 사람이 있을 때 힘이 나는 법이다.

여성이 아닌 그냥 동료

싱가포르 회사에 정식으로 취직되어 계약서에 서명을 하러 간 날, 인사 담당자는 계약서의 여러 항목에 대해 설명을 했다. 그 가운데에는 직장 내 성 문제에 대한 항목도 있었다.

"(웃으며) 이런 짓 하면 안 돼요. 혹시 이런 일이 생기면 바로 제게 말해주세요. 알겠죠?"

혹시 불미스런 일이 생기면 바로 자기에게 알려달라는 그의 얼굴은 단호했다. 그의 말에 아직 출근도 하지 않은 회사에 대한 애정이 불끈 생겼다.

싱가포르는 직장 내 성범죄를 굉장히 엄격하게 다루는 곳이다. "성 문제는 우리나라보다도 더 엄격하게 처리하는 것 같아." 유럽에서 온 친구들조차 그렇게 말한다. 동료들은 내가 화장을 하는지 안 하는지, 무슨 옷을 어떻게 입었는지 신경 쓰지 않는다. 무엇보다 나를 '여자 동료'가 아닌 '동료'로 대한다. 친하다는 이유로 불쾌한 농담과 질문이 오가지 않는다. 언제나 예외는 존재하지만 이 문제에 대한 의식도 높고, 관련 범죄에 대한 처벌도 즉각 이루어진다. 직장 내 성 문제에 있어서만큼은 서로 조심하고 철저하게 단속하는 싱가포르 사무실이 정말 마음에 들었다.

여자들 기가 세다고?

싱가포르 회사에 처음 오면 아마도 여성들이 하고 싶은 말을 너무 다 한다는 느낌을 받을지도 모른다.

'나도 여자지만 저 여자들은 더하네, 더해…. 헉, 내가 지금 뭐라고 한 거야?' 이곳에서 일하던 초반, 나는 이중적인 내 모습을 발견했다. 나 역시 한국에서 내 주장을 펼칠 때마다 '여자가 왜 이리 말이 많냐'며 면박을 당하면서 하고 싶은 말을 덜 하며 살았는데. 그런데도 나는 싱가포르에서 강하게 자기주장을 펼치는 여성 직원을 보면서 어색함을 느꼈다. 그러나 나를 제어하던 끈을 조금씩 풀고 하고 싶은 말을 하게 됐다.

우리는 남자에게 '기가 세다'는 말을 하지 않는다. 왜 똑같이 강력한 주장을 해도 남자는 소신을 가진 사람이 되고, 여자는 기 세고 시끄러운 여자가 되는 걸까? 싱가포르에서는 여자들에게 기가 세다고 뭐라 하는 사람들이 없다. 뒷담화로도 '기가 세다'는 말은 안 한다. 앞에서 말했던, 사장과 대판 싸우던 그 직원도 여성이었다.

워킹맘 천국

싱가포르 회사에서는 임신과 출산을 한다고 해서 퇴사하라는 압박이 없어서인지, 경력 단절을 겪는 여성이 한국보다 훨씬 적다. 물론 이는 칼퇴근이 가능하고, 상주 도우미를 저렴하게 이용할 수 있는 요인도 있다. (도우미들은 대부분 인도

네시아, 필리핀, 미얀마 등지에서 온 사람들이며, 이들을 고용하는 각 가정은 정부에 따로 관련 세금을 내고 있다.) 당연히 회사의 임원 중에도 여성들이 꽤 많다. 싱가포르에도 유리 천장은 여전히 존재한다. 하지만 이곳의 유리 천장은 한국보다 훨씬 얇다고 할 수 있다. 아이를 낳고도 웬만하면 모두 일을 계속할 수 있으니 직급이 높은 여성을 보는 게 어렵지 않다. 그녀들은 가정에도 충실하고 싱가포르는 물론 전 세계를 누비며 일하는 멋진 워킹맘들이다. 그전까지 한국에서는 잘 볼 수 없었던 여성 롤모델을 보며 동기 부여가 되었다.

칼퇴근 못 하는 사람 = 능력 없는 사람

"뭐하니? 오래 앉아 있는다고 일 잘하는 거 아니야. 집에 가."

여섯 시 삼십 분이 넘어가던 시각, 매니저가 내게 다가와 말했다. 칼퇴근을 큰 은혜를 베푸는 것으로 생각하는 곳에서 살다 이곳에 오니 처음에는 괜히 불안하고, 일을 다 끝냈음에도 뭔가 빠뜨린 기분이 들었다.

퇴근 시간이 가까워지면, 시계를 보지 않고도

여섯 시가 거의 되었다는 걸 알 수 있다. 매일 5시 58분. 사람들은 가방을 주섬주섬 싸서 컴퓨터 옆에 놓는다. 신고 있던 슬리퍼를 벗고 구두 위로 오른다. "Bye!" 하며 나가는 사람들에게 인사를 하고 컴퓨터 시계를 보면 정확히 18:00. 직원의 절반이 그렇게 퇴근하고, 여섯 시 반이 되면 사무실에 남아 있는 사람은 두세 명 정도. 그런 분위기에서 한국에서 온 티를 팍팍 내며 늦게까지 앉아 있던 나. "늦게까지 일하는 사람=정해진 시간에 일을 끝내지 못하는 능력 없는 사람"으로 보는 이곳에서 매니저는 내가 얼마나 답답했을까?

안 그래도 가능한 칼퇴근을 더 가능하게 하는 몇 가지 이유가 있다. 첫째로 업무 집중도가 높다. 이건 싱가포르 사람들이 잘나서가 아니다. 6시 땡! 하면 집에 갈 수 있으니 굳이 일을 뒤로 미루지 않고 그때그때 처리한다. 메신저로 노닥거리는 빈도도 현저히 낮고, 흡연이나 바람을 쐬러 나가도 오래 있지 않는다. 그들은 업무 시간 동안 거의 놀지 않고 압축해서 일을 끝낸다. 그리고 여섯 시가 되면 집에 간다. 선순환이다.

칼퇴근이 가능하지 않은 곳에서는 여섯 시 전에 끝낼 수 있는 일을 끝내지 않고 설렁설렁 한다. 어차피 그 일을 시간 안에 끝내도 다른 일거리가 주어지거나, 온갖 눈치를 무릅쓰고 여섯 시에 퇴근하면 이기적인 사람이 될 게 뻔하니까. 결과적으로 칼퇴근을 하는 곳이 같은 일을 해도 더 빠른 시간에 끝낸 셈이 된다. 그러니 당연히 생산성이 오르고, 이것만으로도 직원의 행복도는 올라간다. 얼마 전 한국 지사로 출장을 다녀온 친구가 사무실에 붙어 있던 "금요일엔 칼퇴근으로 가족과 함께!"란 문구를 보고 놀랐다며 내게 말했다. 웃음이 나왔다. 퇴근을 30분 앞둔 오후 5시 30분의 한국과 싱가포르 회사의 풍경이 절로 떠올라 비교되었기 때문이다.

오후 5시 30분

상사: (부하 직원에게 다가가 서류를 건네며) "이거 정말 급한 일이야. 지금 좀 할 수 있을까?"

한국 직원: ('이거 하려면 최소한 한 시간은 걸리는데. 왜 지금 주는 거야?' 불만이 가득하지만 겉으로 티를 내지 않고 싹싹하게) "네, 알겠습니다. 이러저러하게 하면 될까요?"

싱가포르 직원: "내일 아침에 해드릴게요."

한국에서 동료는 한 배를 탔으니 좋은 게 좋다며 두루뭉술하게 넘어가지만, 싱가포르에서는 동료는 나의 '내부 고객'이다.

"좀 도와주세요. 이거 정말 급해요."

"급하면 왜 지금 가져왔어요? 최소한 한 시간 전에는 가져왔어야죠."

아무리 고객이 내게 급하게 요청한 일이라고 해도 퇴근이 다 된 시각에는 '짤' 없다. 나는 외부 고객뿐 아니라 내부 고객도 만족시켜야 한다. 같이 일하는 사이니 퇴근 시간 전에도 무조건 해달라는 말은 통하지 않는다. 일을 늦게 넘기는 것역시 내 능력이 부족한 것이다. 하고 있는 일에 중대한 영향을 미치지 않는 이상, 직원들은 암묵적으로 다섯 시 반 이후에는 다른 직원에게 일을주지 않는다.

속 편한 병가

"이거 누가 담당하고 있어?"

"리처드가 담당인데 오늘 아프대. 전화해서 물어볼까?"

"그래? 됐어. 아픈 사람 피곤하게 하지 마."

아픈 사람한테 전화하지 말라고 말한 사람은 사장이다. 난 그의 말을 듣고 내가 리처드인양 감동을 받았다. 정말로 급한 일이 아닌 이상, 아픈 사람이 병가 쓴다고 눈치나 면박을 주지도, 그 사람에게 전화해서 귀찮게 하지도 않는다. 대신 병원에 다녀온 진단서를 꼭 제출해야 하는데, 좋은 점은 진단서와 함께 영수증을 내면 복지 차원으로 회사에서 병원비를 직원에게 직접 준다.

몰아 쓰는 휴가

싱가포르 노동법으로 보장되는 휴가는 통상 14일이다. 다 붙여서 쓰면 주말까지 합쳐 최장 18일 동안 쉬거나 여행을 갈 수 있다. 중요한 건 이렇게 18일을 다 붙여서 써도 되고, 중요한 일을 다 했다면 1년 중 원하는 때에 휴가를 갈 수 있다. 유럽이 본사인 회사는 본사의 정책대로 3, 4주씩 휴가를 주는 곳도 있다. (한국이 본사인 회사는 본사의 정책대로 휴가일을 따른다는 안타까운 이야기가 있다.) 온 국민이 한여름이라고 다 같이 휴가를 가서 성수기 요금을 낼 필요도 없고, 사람 반 물 반인 곳에서 스트레스를 받지 않아도 된다.

서양의 영향을 많이 받아서인지 크리스마스 시즌에는 노는 회사들도 꽤 있다. 그러다 보니 많은 사람들이 휴가를 모아뒀다가 이 시즌에 몽땅 쓰기도 한다. 12월 15일부터는 사무실이, 아니 도시 전체가 한산해지기 시작한다. 고객사들도 모두 다 휴가를 가거나 아예 회사 문을 닫기에, 나도 그 기간에 할 수 없이(?) 기쁜 마음으로 여행을 가야 했다.

역시 인생은 실전

싱가포르에서는 이직이 빈번하고 쉽게 일어
난다. 이직이 쉽다는 건 회사와 직원 간 유대 관
계가 약하다는 말이다. 사람들 간에 정이 없으니
해고가 더 잦나? 특히 해고가 많기로 유명한 금
융업계가 싱가포르 산업의 한 축을 담당하다 보
니 더 그럴지도 모른다.

입사한 지 4개월이 되어가는 무렵, 나와 함께
입사했던 두 명이 이틀째 보이지 않았다. 단지 휴
가를 간 줄로만 알았던 그들의 행방을 알려준 건
옆 동료였다.

"들었어? 걔네 잘렸대."

해고보다 충격적이었던 건 그들이 내 입사 동

료들이라는 사실이었다. 누군가 나를 평가하고 있다는 추측은 하고 있었지만, 그게 실제임을 확인한 건 처음이었다. 아직 4개월밖에 지나지 않았는데…. 정을 기대한 건 아니지만, 생각보다 훨씬 가혹했다. 내가 해고당한 것처럼 나는 한동안 충격에 빠졌다. 무엇이 우리를 갈랐는지도 솔직히 모르겠다. 수습 기간을 두고 입사한 것이지만, 수습 기간 후에 누군가 해고당하는 걸 본 건 그때가 처음이었다. 그리고 연이어 다른 한 명이 자의 반 타의 반으로 회사를 그만뒀는데, 그는 처음 나를 면접 봤던 이사였다. 회사가 죽을 때까지 날 먹여 살린다는 생각은 당연히 안 하지만, '정글 같은 사회'란 말을 제대로 체감했다.

처음에 친구들은 내가 일하던 곳에서 일어난 해고 소식에 놀랐다. 그 당시에 강제로 회사에서 나가는 걸 본 것은 우리 모두 처음이었기 때문이다. 하지만 시간이 지나며 해고당한 사람, 본인이 일하던 팀 전체가 없어져서 권고사직 당한 사람들의 이야기가 잊을 만하면 들려왔다. 그런 소식을 들을 때마다 일이 뭔지, 인생이 뭔지 싶어 착잡했다.

"어차피 혼자 사는 세상!"

내 자리가 보장되어 있지 않으면, 불안해서 일이 손에 잡히지 않을지도 모른다. 하지만 오히려 나는 그 환경에 무섭도록 빨리 적응했다. 언제든 끝이 올 수 있다는 것을 항상 염두에 두었다. 언제 잘릴지 몰라서가 아니라 내 능력을 키우고, 무엇보다 언젠가 끝이 왔을 때 아쉬움을 줄인다는 생각으로. 사실 한국도 평생직장의 개념이 사라진 지 오래고 회사에 인생을 거는 사람들도 점점 줄어들지만, 싱가포르에서 회사와 나는 정말 별개다. '내 인생 내가 알아서'를 절절히 느끼며 마음이 단단해졌다. 어쩜 이건 내가 남의 나라 땅에 살고 있어서 더 그렇게 느끼는지도 모르겠다.

서로에게 관심 없는 사람들?

입사 첫날 인사 담당자는 나를 직원들에게 소개한다. 우리는 반갑게 인사를 나누지만 거기서 끝이다. 사람들은 내게 와서 나이가 얼마인지, 남자 친구가 있는지, 어느 학교를 졸업했는지 물어보지 않는다. 오지라퍼들이 없어서 얼마나 행복했던가! 그것은 필요 이상으로 대화를 많이 하지 않는다는 것이고, 친해지는 데 더 많은 시간이 걸린다는 것을 뜻했다.

한국처럼 인수인계 과정에서 사수라는 사람이 딱 붙어서 대인 마크를 해주지도 않는다. 여기서는 당장 일에 투입해서 성과를 낼 사람을 뽑기 때문에 더 그렇다. 같은 팀이 아니거나 같은 프로젝트를 하지 않으면 서로에게 관심이 없다. 아니 없어 보인다. 사생활에 관련된 질문도 하지 않는다. 오지라퍼들이 많은 곳에서 왔다면 오히려 어색할지도 모르겠다. 그렇지만 괜히 소외감을 느낄 필요는 없다. 말 안 해도 사람들은 나를 보고 있다. 참 희한하지만 서로 이야기를 하지 않더라도 누가 어떻게 일하는지, 어떤 성향의 사람인지가 대략 파악된다. 그리고 시간이 좀 지나면 다들 동료라고 부를 수 있는 사람들이 된다.

남에게 관심 없다고 해도 우리에게 눈과 귀가 있는 이상 한 달만 한 사무실에 함께 있으면 대충 각각의 성향을 다 파악할 수 있다. 그러다 보면 자연스럽게 나오는 뒷이야기. 새침한 척하던 이 사람들이, 남에겐 전혀 관심 없어 보이는 이 사람들이 도대체 언제 저렇게 그 사람을 관찰했나 싶을 정도로 뒷담화를 시작한다.

나는 회사에서 말을 많이 하는 타입이 아니

다. 게다가 초반에는 영어가 짧다는 생각에 정말 필요하지 않은 이상 말을 안 했다. 그래서일까, 과묵하다는 느낌을 받아서인지 나한테 와서 하고 싶은 이야기를 하는 사람마저 생겼다. 우리 엄마 나이대의 직원은 누구의 뒷담화를 하고 싶으면 '말이 많이 없는' 나를 불렀다.

언젠가 친구들이 "우리 싱가포르인들은 뒤에서 사람 엄청 까"라고 말했는데 회사에서 그걸 여실히 느낄 수 있었다.

"사장이 누구랑…"

"베이징 지사에 개 있지? 걔가 글쎄…"

도대체 저 이야기는 어떻게 알게 됐나 싶을 정도로 신기한 이야기나 19금 이야기도 필터링 없이 술술 나온다. 한국보다 개방적인 사회에서 일하니 뒷담화의 수위도 자연스레 높아졌다.

'애네도 우리랑 똑같은 사람이구나.'

우습지만 뒷담화하는 사람들을 보며 오히려 안심했다고나 할까? 그전까지는 차가웠던 사람들이 비로소 보통 사람으로 보였다. 그리고 시간이 지나 오만 나라 사람들을 만나고 이야기하면서 그 어떤 나라 사람들을 만나든 '뒷담화로는 우리나라 사람들이 세계 최고!'라고 하는 말을 많이 들었다. 어쩌면 뒷담화는 인간의 유전자에 새겨진 성질인지도 모르겠다. 그래서 참 인간적이라고 느끼다가도, 역시 인간은 믿을 수 없는 존재라는 생각도 든다.

4대 보험

남의 나라에 살면서 완벽한 보험을 기대한 건 아니지만, 여긴 회사가 직원을 위해 내주는 직장인 보험이 없다. 물론 시민권이나 영주권자들은 세금을 따로 내는데, 내게는 해당 사항이 없다. 병가를 내고 회사에 진단서와 영수증을 제출하면 그 돈을 돌려주긴 하지만 그거 빼고 복지가 있나 싶다. 배우자가 있다면 배우자에게도 같은 혜택이 주어지긴 하지만, 우리가 맨날 아프지는 않으니.

싱가포르에선 세금을 1년에 한 번 내는데 그 금액이 거의 자신의 월급과 비슷하다. 같은 금액이라도 그걸 열두 번에 나눠 내는 게 아니라 한 번에 내야 하니 부담스러울 때가 있는데, 이 세금을 대신 내주는 걸 복지로 내세우는 회사도 있다. 주로 파견 근무를 오거나 높은 직급인 분들이

해당된다. 세금이 적으니 복지와 관련해 할 말은 없지만, 병원비도 정말 비싸고 '자기 인생 자기가 알아서 살라'는 것으로 여겨져서 잔인하게 느껴지기도 한다. 제일 놀랐던 건 공공도서관에서 책을 빌리는 데도 가입비를 내야 하는 거였다. 그것도 매년!

싱가포르는 세금을 많이 걷어서 보편적인 복지를 좋게 하는 것보다 일하는 사람들이 좀 더 나은 여건에서 일하게 하자는 주의다. 예를 들어 사무실이 많은 지역에 어린이집을 여럿 두거나 점심 값을 저렴하게 한다. 푸드코트인 호커 센터에서는 가장 저렴하게는 3, 4달러로도 빠르게 한 끼를 해결할 수 있으며, 직장인들은 점심시간에 그런 곳을 많이 이용한다.

그런 모습을 볼 때마다 '가족이 생기고 늙어가는 내가 있을 만한 곳인가', '건강한 싱글이나 커플이면 몰라도 언제까지 여기에 있을 수 있을까' 회의가 들었다. 대부분의 사회가 일을 하고 있는 사람에게는 너그럽고 아닌 사람에겐 잔인하지만, 타국에서 외국인으로 살고 있으니 그 잔인함이 괜히 더 크게 느껴진다.

재방송 안 할 거야

"뭐라고? 다시 말해줄래?"

"(한숨 쉬며) 아니, 나 재방송 안 할 거야."

"…"

"너 내 말도 못 알아듣고 이 일을 네 마음대로 한 거야?"

로컬 회사를 다닐 때 영어 때문에 등에 식은 땀을 흘리고 화가 나는 상황이 이어졌다. 결국 서로 이야기하기 싫은 단계까지 이르렀다. 나는 나대로 상처를 받고, 상대방은 상대방대로 얼마나 답답했을까. 하지만 새로 들어간 회사에서도 상황은 별반 다를 바가 없었다.

"너 그렇게 영어를 못하는데 어떻게 나랑 같

은 사무실에서 일하냐?"

어느 날 나를 면접 봤던 영국인 이사가 한숨을 푹 쉬며 말했다. 그는 내가 말할 때마다 한심하다는 표정으로 이 문법, 저 문법을 지적했다. 모범 답안을 달달 외어 면접에 통과한 내게 뒤통수를 맞았다고 생각했겠지.

"이번 프로젝트에 효진을 넣자."

"걔는 영어 못해서 안 돼."

미팅에서 그런 이야기가 오갔다는 걸 동료를 통해 전해 들었다. 이전 회사에서부터 내 안에 차곡차곡 쌓였던 분노가 터지고 말았다. 영어를 못해서 잘릴지도 모른다는 불안감도 느꼈다. 무엇보다 더 이상 이런 문제로 쪽팔리고 싶지 않았다. 취직만 되면 영어가 자연스럽게 늘 줄 알았다. 어학연수를 다녀오고도 영어가 늘지 않은 사람들을 보면서 속으로 흉을 봤는데 정작 내가 그 꼴이었다.

취직했다고 외국어 공부를 그만하는 건 해외취업에서는 있을 수 없는 일이다. 들어온 지 얼마 안 된 사람이라고 봐주는 경우도 적고, 말을 잘못 알아들어서 "다시 말해줄래?"라고 요청하는 것도 하루 이틀이다. 외국에 나왔다고 외국어 실력이 느는 게 아닌 건 취업에서도 마찬가지다. 취직을 했다면 오히려 더 공부를 해야 한다. 내 생계와 직접 연관되기 때문이다.

학원을 다니며 비즈니스 영어를 따로 공부하는 사람들을 많이 봤다. 하지만 나는 회사에서 주고받는 이메일, 동료들과의 대화를 교재 삼아 공부했다. 멋있어 보이는 표현을 들으면 '다음에 써먹을 것들' 리스트에 적어 놓고 제때 잘 써먹고는 했다. 이메일에는 업계에서 어떤 용어를 쓰는지, 경우에 따라 어떤 표현을 쓰는지 다 담겨 있었다. 이메일은 내게 최고의 족보였다. 회사와 업무에 적응하며 적은 정보에도 그 의미를 파악하는 눈치 또한 늘어서 영어로 하는 업무 처리도 점점 쉬워졌다.

이와 더불어 나는 일상적인 회화 공부도 다시 시작했다. 회사라고는 하지만 결국 내 대화의 대부분은 때마다 다른 상사의 지시 사항 이해하기, 내 업무를 타인과 공유하기, 동료들과의 대화와 가벼운 농담이었다. 비즈니스 영어만이 아니라 나의 영어 실력 자체를 끌어올려야 했다. 결국 모든 게 사람과의 커뮤니케이션이기 때문이다.

"지금이야 외국에 산다고 근사해 보일지 몰

라. 하지만 한국에 돌아갈 날에는 현실을 맞닥뜨려야 해. 싱가포르에서 몇 년이나 일했는데 영어를 잘 못한다면 과연 어떻게 생각할까?"

친구에게 이 말을 듣고 머리를 한 대 맞은 기분이었다. 잠깐 미래를 생각해보자. 나는 싱가포르에서 취직한 후에 이곳에 눌러살 수도, 다른 나라로 갈 수도, 한국으로 돌아갈 수도 있다. 몇 년 후 내가 어느 곳에 있게 되든 사람들이 날 평가할 기준은 무엇일까? 내가 어떤 일을 했다는 것보다도 우선 '싱가포르에서 일했다'는 것만 보고 영어 실력에 날카로운 잣대를 들이댈 게 분명했다. 내가 한인 회사에서, 혹은 한국인을 매일 접해야 하는 고객서비스(customer service) 직군에서 일했기 때문에 한국어를 많이 쓰고 살았다는 건 핑계일 뿐이다. 그런 곳에서 일할수록 더더욱 영어 공부를 해야 한다.

게다가 승진과 이직을 생각한다면 어디에서 일하든 영어 공부를 그만둘 수 없다. 브로큰잉글리시를 구사하는 상사에겐 신뢰가 가지 않을 것이고, 영어 실력이 부족하다면 이직의 기회도 많지 않다. 특히 이메일로 커뮤니케이션을 주로 하는 외국 회사에서는 그 모든 내용이 기록으로 남

기 때문에, 영어 이메일 쓰기와 영작 연습은 많이
하면 할수록 좋다.

나 정도면 괜찮아

"아시아 사람들이 윗사람에게 순종적인 태도를 취한다는 건 알고 있어. 하지만 나한테, 아니 회사에서 그럴 필요는 없어. 그건 집에서 해. 네가 하고 싶은 말이 있으면, 내 생각과 다르더라도 나에게 말해. 그게 서로에게 좋은 거야."

유럽에서 온 상사가 보기에 아무 말도 하지 않는 나는 '꿍꿍이'를 알 수가 없는 사람이었나 보다. 이런 말은 유럽에서 온 그 상사뿐 아니라 서양의 영향을 많이 받은 싱가포르인들도 하는 말이다.

'아직 내 영어가 많이 부족한데 말실수하면 어떡하지?'

'내가 들어온 지도 얼마 안 됐는데 이런 말을 해도 될까?'

'내 나이가 더 어린데, 나는 사원일 뿐인데 이런 말을 해도 되는 걸까.'

한국에서 겸손은 미덕이지만 그게 과해진 데다 영어에 대한 콤플렉스까지 더해져 웬만하면 입을 열지 않고 살았더니 나는 정말 과묵한 사람이 되어버렸다. 스스로 검열하는 것이 자연스럽게 익숙해진 탓이다. 하지만 이곳에서는 가만히 있으면 정말 '가마니'가 된다.

여기도 사람 사는 곳이라 별 영양가 없는 말을 그럴듯하게 하는 소위 입만 산 사람들이 있다. 그게 싫어서 저런 말을 할 바에는 그냥 가만히 있는 게 낫겠다고 생각했다. 하지만 시간이 지나면서 생각이 바뀌었다. '저런 영양가 없는 말도 그럴듯하게 하는데 단지 영어가 좀 부족하다고 해서 아무 말도 못할 것까진 없잖아.'

누군가 나를 보며 '왜 모두가 다 아는 말을 굳이, 영어도 뛰어나지 않으면서'라고 할지라도 일단 내 생각을 말했다. '건방져 보일까 봐, 내가 뭐라고 이런 말을…' 같은 눈치 보기는 여기서 필요 없었다. 회사에 도움이 될 수 있는 이야기라면, 하다못해 내가 지금 프로젝트를 많이 구상하고 있다는 코스프레를 위해서라도 말을 하는 게 낫다. 내 말을 듣고 말고는 상대방의 몫이니까.

모호한 직급 개념

싱가포르를 비롯한 외국 회사에서는 직급에 대한 개념이 한국보다 모호하다. 회사에 따라 다르겠지만 한국에 있는 사원, 주임, 대리, 과장, 차장, 팀장, 부장 … 같은 기준이 느슨한 편이다. (분명히 내가 빠뜨린 어떤 직급이 있을 것만 같다.) 물론 이곳에도 당연히 직급이 있고, 보고 체계가 있다. 하지만 '사원은 사원들끼리' 같은 문화나 사원이 부장님에게 말 거는 데 느끼는 부담은 확실히 덜하다. 한국으로 치면 주니어에 속하는 직급이라 할지라도 시니어 직급과 함께 일해야 할 경우가 꽤 있다.

한번은 이름을 들으면 알 만한 대기업의 이사에게 연락하라는 지시를 받았다. 나는 적잖이 당황했다. 그에게 연락하기까지 수화기를 몇 번이나 들었다 놓고, 이메일을 썼다 지웠는지 모른다. 그러다가 '나도 모르겠다' 하고 눈 딱 감고 연락을 했을 때, 그는 의외로 반가워하기까지 했다. 이런 경험을 몇 번 하고 나서 CEO(최고경영자), CFO(최고재무관리자), COO(최고업무책임자) 등 'C'로 시작하는 직함을 가진 C-Level의 주요 임원들과 의사소통을 어떻게 해야 하는지, 그들에게 어떻게 접근해야 하는지 배우게 되었다.

반면 부작용도 있었다. 오랜만에 한국의 고객사와 연락할 일이 있어 그 회사의 어느 팀 부장님을 찾은 적이 있다. 그새 싱가포르의 문화에 적응해서 아주 가벼운 마음으로 연락했던 내게 돌아온 대답은 "목소리가 아직 어리신 거 같은데, 직급이 어떻게 되시죠?"였다. 마치 카스트 계급의 가장 아래층에 속한 내가 맹랑하게도 하늘 높은 브라만 계급에게 말을 걸어버린 느낌이었다고 할까.

그래도 위축되지 않기로 했다. 비단 싱가포르만이 아니라 대부분의 나라에서는 자신감 있는 사람을 좋아하니까. 어디에서 누구를 만나든지 '나도 괜찮아. 내가 낸데'라는 자신감으로 일하는 기분이 꽤 괜찮다는 것도 한몫을 톡톡히 한다.

디테일, 디테일, 디테일

싱가포르 사람들은 정말 원칙적으로 일하고 예외를 거의 인정하지 않는다. 그래서 독일 사람들과 비슷하다는 말을 듣기도 한단다.

"과장님, 이것 좀 도와주세요. 안 도와주시면 저희 진짜 큰일 나요"라고 애원하면 투덜대면서도 해주시는 정 많은 과장님이 있던 한국과 달리, 여기서는 그렇게 말할 분위기도 아닐뿐더러 그랬다간 무시만 당할 것이다.

한국에서는 '그럴 수도 있지'라며 충분히 넘어갈 수 있는 사소한 실수도 여기서는 크게 비치기도 한다. 예를 들어 서류상에 잘못 기재된 글자를 발견했을 때, 한국에서는 발견한 사람의 선에서 혹은 그 아랫선에서 그 서류를 고쳤다. 하지만 여기서는 굳이 보고를 하고 허락을 받아서 다시 고쳤다. 한국이라면 한두 마디 소리만 듣고 넘어갔을 일을 바로잡느라 한 시간이 걸린다. 원칙을 철저히 지키기 때문에 내가 일을 똑바로 처리하면 더할 나위 없이 좋은 곳이지만 그만큼 융통성은 부족하다. 물론 일의 중요도에 따라 처리 방법과 과정은 달라야 한다. 그렇지만 중요하지 않은 일을 이런 식으로 처리하며 굳이 일을 만들고 있는 모습을 볼 때면, 한국처럼 '좋은 게 좋은 거야'라는 느슨한 문화가 아쉬웠다. 내 맘이 간사한 것일지라도.

간지 나는 해외 출장?

내가 싱가포르에 취직하고 회사를 찾을 때 세웠던 (지금 보면 유치하지만 한때는 포기할 수 없던) 기준 중의 하나는 '한국에 출장갈 수 있는 회사 또는 일'이었다.

마침내 회사에서 한국으로 출장을 갈 일이 생겼다. 우리가 추진하던 일이 잘되어 서울에서의 일정이 확정된 것이다.

'드디어 한국에 출장을 갈 수도 있겠구나!'

마음이 들떴다. 요 며칠 사이로 누가 한국에 출장을 갈지 정할 예정이었다. 나는 내심 기대했다. 당연히 내가 갈 거라고 예상했다. "네 덕분에 우리가 처음으로 도전하는 일이 잘될 수 있었어", "우리가 드디어 한국에서 일을 만들게 됐어. 정말 잘됐어"라는 말을 줄곧 듣고 있었다. 그래서 이 건은 전부 다 내가 열심히 일한 덕분이었다고 생각했다.

그러나 나는 간택되지 못했다. "이번에 오시는 거죠?"라고 묻는 거래처 사람들에게 할 말이 없었다. 전화와 메일로만 연락하던 사람들을 나도 꼭 만나보고 싶었는데 정말 아쉬웠다. '출장이야 그렇다 쳐. 그런데 이 일에 별다른 기여도 없는 쟤가 왜 가는 거야?' 나한테 미안하다고 사람들이 말하는 게 오히려 짜증이 났다. 그런 말을 들을 때마다 내 밥그릇 하나 제대로 지키지 못하는 바보가 된 것 같아 기분이 더 안 좋았다.

그 일로 나는 보너스를 받았다. 물론 내가 직접 만들어낸 그 돈이 가치 있음에도 나는 자축하지 못했다. 한국에 가지 못하는 면만 보고 실패했다고 여겼다. 아마도 그 당시 나는 내가 여기서 이렇게 잘 살고 있는 모습을 한국의 지인들에게 보여주고 싶어 안달이 났던 걸지도 모른다. 게다가 한국에 가는 비행기표를 내 돈 내고 사지 않아도 된다는 게 얼마나 뿌듯한 일인지!

그 일로 적잖이 실망을 한 나는 상한 음식을

102

먹은 표정으로 돌아다녔다. 하지만 시간이 약인지 마음이 진정되고 생각해보니 내가 가는 것보다 다른 사람이 출장을 가는 것이 맞는 결정이었다. 원래부터 내 것이 아니었는데 내 것인 줄 알고 설친 것이었다. 처음에는 수습 기간에 잘리지만 말자, 자리만 잡자 했는데 이제는 출장을 안 보내준다고 화를 내다니.

며칠간 스스로 가둔 감옥에 살다 나오니 좋은 일이 생겼다. 출장에서 밀려난 대신 예정된 대통령 선거에 투표를 할 수 있었기 때문이다. 투표권이 생긴 후로 단 한 번도 투표를 빼먹은 적이 없었으니, 투표를 못했다면 아마 두고두고 아쉬웠을 거다. 출장이야 나 대신 누군가가 갈 수 있지만 투표는 내가 아니면 누가 대신 못하니까. (요즘에는 안 그렇지만 당시에는 외국에서 투표를 한다고 등록해두면 한국에서는 할 수가 없었다.)

다행히 일이 잘되고 회사에서는 본격적으로 한국 시장을 넓혀가기 시작했다. 우리 팀은 그 흐름을 타서 너나없이 열일을 했고, 지난번보다 더 큰 일이 3개월 후에 서울에서 잡혔다. 그때는 출장에 대한 기대 같은 건 없고 그저 지금 하는 일만 잘 마무리되었으면 싶었다. 그렇게 마음을 놓아서일까. 이번에는 당연하다는 듯이 내 이름이 출장자 명단에 올라 있었다. 그 사실을 통보받고 나서야 출장을 생각하며 집에 돌아와서 방방 뛰었다. 취직도 그렇고, 출장도 그렇고, 집착할 때는 내 손에 잡히지 않다가 심란한 마음을 다잡고 현재에 몰두하면 일이 이루어졌다. (사실 이 책을 출판하는 것도 그랬다.)

일주일의 출장에 일주일의 휴가를 더해서 2주 동안 한국을 다녀오게 됐다. 오랜만에 귀국하는 거라고, 긴 휴가를 써도 허락해주는 회사가 고마웠다.

해외 출장≠여행

처음 한국으로 해외 출장을 갈 때에는, 출장을 간다는 그 사실 하나만으로도 영화나 드라마의 멋진 장면을 상상했다. '출장=여행 또는 마실 나가는 것'이라는 등식이 당연해 보였다. 하지만 곧 출장의 실체를 맞닥뜨리고 말았다. 출장을 가보니 사무실에서 일할 때보다 더 바빴다.

호텔로 바캉스를 가는 호캉스가 유행인 이 시대에 출장을 떠나 좋은 호텔에서 묵을 수 있다는 것은 멋져 보일지 모른다. 그날의 일이 빨리 끝나서 호텔에서 사우나를 하고, 창밖 뷰를 감상하면서 혼자 와인 한 잔이라도 할 수 있다면 말이다. 하지만 좋은 호텔에서 묵으면 뭐하나. 하루 종일 몸이 축나도록 돌아다니다 밤늦게 호텔로 돌아와서 급히 이메일부터 확인하고 있으면 좋은 호텔도 아무 소용이 없었다.

서울로 출장 온 둘째 날, 우리는 성공적인 협상을 자축하기 위해 다 같이 홍대로 넘어갔다. 싱가포르와 베이징 지사에서 온 외국인들은 홍대의 소문을 듣고 꼭 거기에 가서 술을 먹자고 했다. 술자리는 새벽까지 이어졌고 호텔에 들어가니 새벽 네 시였다. 반쯤 정신이 나간 상태로 우리는 모두 다음 날 정시에 일을 시작했다.

이러저러한 이유로 해외 출장에 대한 환상은 말끔히 깨졌다. 출장은 내 루틴에서 벗어나 오히려 나를 더 바쁘게 하는 것이었다. '살던 대로 살지 왜 오버하니'란 말투로 비꼬던 사람들이 나를 부러움에 찬 눈길로 바라보는 것이 통쾌했음에도. '출장은 가능하면 피하고 보자'로 생각이 바뀌었다.

그 출장 이후로 나는 사무실에 있는 게 최고

란 생각을 하며 웬만한 출장의 기회에는 눈독을 들이지 않게 됐다. 하지만 서울로 다시 출장을 가는 일정이 잡혔다. 불과 4개월 후에 말이다. "한국 자주 가니까 좋지?" 나를 부러워하던 동료들에게 나는 떨떠름한 표정으로 성의 없이 대답했다. 다행히도 첫 번째 출장과는 달리 일정이 짧아서 이전보다 바쁘지는 않았다. 여유도 있었다. 덕분에 호텔에서 조식도 먹고, 운동과 사우나도 할 수 있었다.

"이 맛에 출장을 오는구나."

(한국에 왔는데 집에 갈 수 없어 허망함을 느끼긴 했으나, 모든 일에는 장단점이 찰떡같이 앞뒤로 붙어 있는 법.)

106

브루나이를 아십니까?

싱가포르가 위치한 동남아시아에는 열한 개 국가가 있다. TV프로그램에 나온 것을 계기로 유명해진 라오스를 비롯하여 한국 사람들이 많이 여행 가는 필리핀, 베트남, 태국 등. 얼추 세어보면 대략 열 군데 정도의 나라가 손에 꼽힐 것이다. 싱가포르에 살면서 넓어진(?) 내 지식을 은근히 뽐내다 보면 항상 마지막에서 막혔다. 마지막 한 나라가 어디였지? 뭐라고 했더라?

싱가포르에 오지 않았다면 평생 존재를 모르고 살았을 나라, 브루나이. 경기도의 반만 하다는 정말 작은 나라. 보루네오섬에서 말레이시아와 인도네시아 사이에, 작지만 강하게 버티고 있는 나라. 싱가포르에 산다고 해도 그 나라에 놀러 가거나 엮일 일은 사실 거의 없다. 하지만 사람 일이란 정말 모르는 법이다. 새로 이직한 회사가 그 나라에 거래처가 있을 줄이야 누가 알았겠나. 더군다나 그 거래처를 관리하는 일이 내 업무의 한 부분이었다. 동남아시아의 웬만한 나라는 다 가보았지만 브루나이에 대해서는 들은 바가 없기에 아는 바도 없었다. 검색해보니 정말 작지만 석유가 나기 때문에 엄청난 부자 나라였다. 얼마나 돈이 많은지 나라에서 가장 큰 모스크(이슬람교의 예배당)의 외부를 전부 금으로 발랐다고 한다.

앞서 말했듯 출장은 웬만하면 피하고 싶었지만, 얼떨결에 브루나이로 출장이 잡혔다. 서로 얼굴을 한번 보면 확실히 전보다 친밀감도 생기고 하니 출장을 가긴 해야 했다. 생각해보니 출장이 아니고서야 과연 갈 일이 있을까, 귀찮던 마음이 누그러졌다.

출장 준비를 하며 환전을 하기 위해 환율을 알아보았다. 놀랍게도 싱가포르와 브루나이의 두 나라의 환율은 1대 1이었다. 다시 말해 1 싱가포르 달러의 가치가 1 브루나이 달러라는 거다. 매일 1, 2원씩 바뀌는 변동환율이 아니라 두 나라가 합의한 고정환율이다. 싱가포르 달러를 가지고 있다면 브루나이에 갈 때 환율을 체크하고 환전할 필요가 없다. 브루나이에서 물건을 사고 싱가포르 돈을 내면 된다. 그러고 보니 싱가포르에서 물건을 사고 거스름돈으로 브루나이 돈을 받은 적이 있었다. 캄보디아에서 미국 달러를 쓰는 것과는 또 다른 개념이었다. 똑똑한 싱가포르 정부가 본국의 화폐 가치와 동일하다고 못 박을 정도로, 브루나이는 결코 만만한 나라가 아니었다.

브루나이 출장은 여행을 온 듯 설렜다. 도로 곳곳에 글씨도 그림도 아닌 게 떡하니 표지판에 그려져 있었다. 중동에 가본 적이 없는 나는 마치 글자를 배우기 전 아이들이 연필을 쥐고 삐뚤삐뚤 쓴 것 같은 글씨가 내 시야에 가득 들어오는 풍경에 가슴이 두근거렸다. 처음 싱가포르에 도착했을 때 나를 설레게 했던 것도 영어와 중국어가 가득한 표지판과 간판이었다. 새삼 서로 다른 언어만큼 서로의 독특함과 다름을 알려주는 것도 없는 듯하다.

사람들도 친절했다. 하긴 거래처 직원에게 나쁘게 말할 사람이 어디 있겠냐만. "한국 사람 처음 만나봐요." 생전 처음 직접 본 한국 사람이 신기한지, 아니면 외부에서 누군가 와서 행복한지 친절이 극진해서 황송할 지경이었다. 게다가 출장만큼 맛있는 음식을 먹을 기회가 많은 일도 없다. 첫날에 거래처 직원분들과 간 레스토랑에서 다이어트 생각은 가뿐하게 잊고 흡입하듯 다 먹어 치웠다.

그다음 날은 브루나이에서 열리는 전시회에 거래처 직원분들과 함께 갔다. 그 거래처도 전시회에 참가하고 있어서 나도 이런저런 일을 돕고 있는데 멀리서 초등학생 한 무리가 다가왔다.

"어디에서 왔어요?"

"한국에서 왔어요."

"꺄아아아아! 정말 한국인이에요?"

"네, 저는 한국인이에요. 안녕하세요."

네이티브인 내가 유창하게 '안녕하세요'라고 말하자 아이들이 자지러지며 손뼉을 쳤다. '헐, 안녕하세요를 말하고 박수를 받아보긴 처음이네.' 아침 방송 방청객들과 같은 반응이 조금은 당황스러웠다.

"한국 드라마 정말 좋아해요. 그런데 한국 사람은 브루나이에 잘 안 와서 볼 수가 없었어요.

같이 사진 찍어도 돼요?" 내가 한국인이라는 이 야기가 알음알음 전해지자 사람들이 내게 다가와 서 같이 사진을 찍자고 했다. 살다 살다 이런 경 험을 하게 될 줄이야. 환대에 기분이 좋으면서도 이렇게 한국을 좋아하는데 한국 사람을 직접 볼 기회가 적다니 괜히 안쓰러웠다. 이런 이유로 전 시회장에서 나는 그 누구보다 바쁘게 지냈다.

직원분과 함께 점심을 먹다가 브루나이의 생 활에 대한 이야기를 나눴다. "브루나이에서는 대 학교까지 등록금이 전액 면제예요. 물론 사람들 이 대학교를 많이 안 가려는 게 문제긴 하지만 요." 경제력이 어느 정도 뒷받침되니 사람들이 외국으로 많이 나가려 한다는 게 그의 말이었다. 의료 등의 웬만한 복지도 정말 좋은 편이라고 했 다. 한국이나 싱가포르에서 항상 쫓기듯이 사는 사람들보다 여유가 있고 나아 보였는데 이런 이 유 때문이 아닐까?

저녁에 직원분들은 브루나이를 구경시켜 준 다며 그 유명한 모스크에 나를 데려갔고, 호텔에 서 저녁을 사주었다. 그 때문에 호텔에 늦게 들어 와 부랴부랴 랩탑을 켜고 그동안 쌓인 이메일을 확인하느라 무척 피곤했지만, 기억에 남는 즐거

운 출장이었다. 출장에서 돌아오면 여독과 밀린
일에 바쁘더라도 이번만큼은 정말 행복했다.

그냥 집에 가자!

입사한 지 채 두 달이 안 되었을 무렵, 회사에서 회식을 했다. 최고 영업 실적을 올린 기념으로 대대적으로 파티를 하기로 했다. 내가 놀란 것은 파티가 저녁이 아닌 점심에 열린다는 것과 무려 '마리나 베이 샌즈(Marina Bay Sands)'에서 열리는 것이었다. 저녁 시간을 방해받고 싶지 않은 직원들의 의견을 적극 반영한 것이었다.

많은 사람들이 이미 알고 있듯이 외국에는 회식이 별로 없다. 크리스마스가 가장 큰 이벤트다 보니 1년에 한 번 크리스마스 휴가를 가기 전, 크리스마스 파티 겸 송년회로 다 같이 밥을 먹는 정도랄까. 점심이나 저녁을 근사한 곳에 가서 먹기도 하고 출장 뷔페를 불러 회사에서 파티를 하기도 한다. 회사에 출장 뷔페를 부르거나 점심에 회식을 할 때의 좋은 점은 그날 일이 흐지부지된다는 것이다. 많이는 아니라 해도 와인이나 샴페인을 한두 잔씩 홀짝거리니 모르긴 몰라도 다들 늘어지기 때문이리라. 저녁에 하는 회식이라도 한국처럼 '먹고 죽자'는 사람들이 없으니 다들 멀쩡한 상태로 집에 간다. 원하는 사람들끼리 모여 술 한잔 더 하러 가는 거면 몰라도 한국처럼 2차, 3차를 억지로 갈 필요도 없다.

크리스마스의 거한 회식 이외에 회사에는 D&D(Dance & Dinner, 저녁을 먹으며 공연을 즐기는 파티)라는 행사도 있다. 모든 회사에 D&D가 있는 건 아니지만 D&D를 하는 곳은 크리스마스 회식보다 확실히 더 크게 하는 편이다. 크리스마스 파티와 D&D 모두 전사 차원의 파티지만, D&D에 거래처를 초청하고 후원을 요청하는 회사들도 있다. 주로 호텔의 행사장을 빌려서 몇 시간씩 하며, 이름에 디너(dinner)가 들어가 있는 것에서 짐작할 수 있듯이 거의 저녁에 하는 편이다.

'하와이', '디즈니', '레드' 등의 독특한 드레스코드를 넣거나, 가수와 사회자를 불러 공연을 하기도 한다. 전에 참석했던 D&D에서는 테이블 중간에 숨겨놓았던 봉이 갑자기 짠하고 나타나서는 폴댄서가 사람들의 머리 위를 획획 날아다니는 걸 보며 우와! 했던 기억이 난다. 1년의 하루, 회사 밖에서 먹고 마시고 노는 행사이다 보니 많은 사람들이 그날 자신의 패션 센스를 뽐내는 기회이기도 하다.

탱고를 추는 사장

'회식은 곧 저녁'이라는 고정관념을 가지고 있던 나는 팀 회식이 아닌 회사 전체 회식을 점심시간에 한다는 것에서 신선한 충격을 받았다. 게다가 마리나 베이 샌즈라니! 싱가포르에서, 아니 전 세계에서 가장 이색적인 호텔 중 하나 아닌가. 지금이야 그리 특별한 일이 아니란 걸 알지만, 그때 나는 아직 싱가포르에 간 지 1년밖에 안 된 시점이었다. 그 회식에 참석한다는 것만으로도 괜히 나 자신이 한 층 업그레이드되는 느낌이었다.

오전 근무를 마친 후 삼삼오오 짝을 지어 택시를 타고 파티가 열리는 호텔로 출발했다. 택시에서 내려 동료들을 졸졸 따라 도착한 어느 홀. 이곳에서 오늘 파티가 열리는구나. 팀별로 둥근 테이블에 함께 앉아 하나씩 도착하는 음식을 보며 내 심장의 박동이 빨라지는 것을 느꼈다. 비록 내가 앉아 있는 자리는 사방이 벽이라 특별한 느낌은 없었지만, 저 문만 열고 복도를 통과하면 마리나 베이와 싱가포르의 빌딩 숲이 한눈에 펼쳐질 것이고, 언제나 꿈꾸던 그 풍경 속에 내가 있을 거였다. 마천루에 대한 환상이 있던 그 시절, 참 단순하지만 처음으로 '싱가포르에서 일하는 맛'을 느꼈다.

솔직히 밥은 맛이 없었다. 배가 고프지 않았다면 기꺼이 숟가락을 내려놨을 점심시간이 끝나고 각자 잡담을 하거나 술자리에서 할 법한 게임을 시작했다. 사장이 앞으로 나가 회사의 성장과 모두가 함께 이룬 결과들을 칭찬하고 박수를 치는 순서가 지났다.

"그러면 우리 다 같이 춤을 출까요?"

'갑자기요? 아직 오후 두 시도 안 됐어요. 게다가 다들 제정신인데요?' 누가 회사 점심시간 회식에서 춤을 출까 싶었는데, 그런 사람이 있었다. 그 사람은 바로 사장!

"내가 요즘 탱고를 배우는데 혹시 탱고 출 줄 아는 사람?" 뒤에서 한 직원이 손을 들었다. 곧 탱고 음악이 흘러나왔고, 사장과 그 직원은 손을 마주 잡고는 음악에 몸을 맡기기 시작했다. 사장과 직원이 멋들어지게 탱고를 추는 장면을 보고 나는 기절할 듯 놀랐다.

그들이 춤을 췄던 5분 남짓한 시간은 내가 살아왔던 한국과 싱가포르가 다르다는 것을 압축해서 보여주는 장면이었다. 회사의 자유분방한 분위기, 저녁이 있는 삶 같은 것들. 사실 이런 문화에 대한 분석은 짧게 스친 것에 불과하고 둘이 프로 수준만큼 춤을 잘 춰서 놀랐다. '그래 이왕 한국을 떠나온 나를 이런 식으로 더 놀래줘.'

와인과 칵테일을 홀짝홀짝 마시고 있으니 취기가 오르는데 누가 회사로 돌아가고 싶을까? 계획은 긴 점심을 먹은 후 모두 회사에 복귀하는 것이었지만, 다들 오른 취기만큼이나 엉덩이가 무거워질 대로 무거워졌다.

"그냥 집에 가자!"

이별하는 자세

"솔직히 싱가포르 초봉이 높지는 않아. 그래서 많은 사람들이 연봉을 높이거나 승진을 하려고 이직을 해."

싱가포르의 초봉은 그리 높은 편이 아니다. 금융권 종사자나 영업직을 빼고는 한국의 중소기업 초봉과 비슷하다고 보면 된다. 하지만 한국처럼 초봉이 나머지 인생의 월급을 결정하는 것도 아니고 월급이 오르는 속도 역시 다르다. 낮은 초봉으로 우선 일을 시작하여 경력을 쌓고 이직을 하는 게 싱가포르인들의 전략이라는 말을 심심치 않게 들을 수 있다. 주위를 보면 회사 생활을 시작한 지 1, 2년이 된 친구들도 얼마 안 되는 경력을 살려서 더 많은 연봉을 약속받고 직장을 옮긴다. 이직이 빈번해서 그런지 이직에 대한 심리적 장벽이 한국보다 훨씬 낮다. 한국에서는 자주 이직하는 사람을 '회사 부적응자'로 보는 반면, 싱가포르에서는 오히려 '능력 있는 사람'으로 보는 경향이 있다. 한국도 점점 개인주의가 보편화되고 있지만 여전히 '조직'이 우선인 사내 문화가 존재한다. 회사에서 나가는 걸 일종의 배신행위로 받아들이기도 한다. '내가 너를 어떻게 키웠는데 뒤통수를 치냐'고 반응하는 한국의 부장님들이 싱가포르의 이직 문화를 보신다면 정말 환장할 노릇일 거다.

금융업에서 일하는 싱가포르인 친구는 2년 동안 세 번 이직을 했다. 웃긴 건 그가 일했던 회사의 건물이 한 블록 차이로 나란히 있던 거였다. 금융회사들이 모여 있는 서울의 여의도처럼 싱가포르의 마리나 베이와 래플스 플레이스는 싱가포르의 금융 중심지다. 그 동네에서 그는 2년 동안 서쪽 방향으로 한 블록씩 회사를 옮겨 다녔다. 게다가 같은 업계에서 일하다 보면 자연스럽게 서로의 존재를 알게 되지 않는가? 그는 이직할 때마다 눈치가 보이지 않았을까?

"저번에 옮겼다고 하지 않았어? 또 옮긴 거야?"

"아, 그랬지. 이제는 나도 정착할 거야."

갑자기 자아성찰을 하던 친구와 나는 웃음이 터졌다. 이런 실정이니 '누가 나간다더라' 하는 이야기를 자주 듣는다. 내가 다니는 회사는 물론, 'XX회사의 OO가 오늘이 마지막이래'도 많이 듣는 멘트 중 하나다. 언젠가 두 달 간격으로 회사에서 네 명이 나간 적이 있었다. 이런 분위기에 적응이 된 줄 알았는데 보름에 한 번씩 사람이 나가는 걸 보니 기분이 묘하긴 했다. 싱가포르인은 자신이 원하는 것을 향해 뒤도 돌아보지 않고 떠난다.

회사에서 처음 사람을 뽑을 때의 기준도 다르다. 싱가포르에서는 '그 일을 잘 해낼 사람'을 뽑는다. 하지만 한국에서는 그 업무를 해낼 수 있는 사람보다는 '우리 사람'이 될 사람을 뽑는다. 능력보다는 우리 조직에 잘 어울리는 사람, 잘 적응하는 사람을 선호하는 편이다. (그래서 말도 안 되는 압박 면접 장면이 벌어지는 건가?) 이런 차이로 인해 두 나라 회사의 문화나 분위기도 다르다. 물론 사내 정치가 없는 곳이 어디 있겠냐만, 소위 '라인'을 타야 되는 문화도 한국보다 덜하다.

일 잘 하는 사람을 최고로 치는 싱가포르에서는, 일을 잘 한다는 것은 회사와 개인이 맺은 '계약'을 충실히 이행한다는 뜻이다. 계약에 기초한 관계다 보니 사람들 간의 유대 관계가 많이 약한 것 같다. "내 인생을 회사가 책임져줄 것도 아니고, 회사만 나가면 솔직히 다시 안 볼 가능성이 높은데 의리가 다 뭐야? 나는 회사를 대신해서 이 일을 하고 그 대가로 돈을 받는 것뿐이야." 그래서인지 회사를 나가는 사람이나 회사에 남는 사람들의 스트레스도 덜한 것 같다. 당연히 서운한 마음은 있지만, 배신행위로 간주하지 않아서 헤어짐도 쿨하다.

퇴사를 이야기한 날로부터 마지막 출근일까지 눈치를 주지도 않는다. "너 아직 휴가 남은 거 알지? 그만두기 전에 다 쓰고 가"라는 은혜로운 말도 들었다. (회사 입장에서는 직원이 쓰지 않은 휴가만큼 봉급을 줘야 하기 때문이지만.) 송별회도 친한 사람들끼리 모여 마지막으로 밥을 먹는 정도고, 그마저도 안 할 때도 많다.

"새로 간 회사가 별로면 다시 돌아와. 알겠지?"

나는 이직할 때마다 이런 말을 들었다. 회사

를 나가는 것만으로도 미안한데 이런 말을 들으니 괜히 울컥했다. 처음에는 '내 업무 능력이 나쁘지는 않았구나' 하는 안도감과 함께 '지금이라도 안 간다고 할까' 하는 주저함을 동시에 느꼈다.

이 말이 단순한 립서비스만은 아닌 것이, 싱가포르에서는 A회사를 그만두고 몇 달 후, 혹은 몇 년 후에 다시 A회사에 입사해서 일하는 사람들이 있다. '이직=배신'으로 보는 한국의 문화에서는 이해하기 어려울 수도 있다. 홈페이지 입사 지원 툴에 '이 회사에서 일한 경험'이 있는지 묻는 곳도 꽤 있다. 비록 지금은 어떤 이유로 퇴사하지만, 업무 성과가 좋고 회사와 잘 맞았다면 충분히 돌아갈 수 있는 분위기다. 한국의 정 문화, '선배=사수' 문화는 감정을 전제로 하지만, 감정이 아닌 계약을 기초로 하는 관계는 이성이 먼저 작동한다. 그렇기에 서로 필요하면 다시 함께 일할 수 있는 것이다. 게다가 그는 이미 회사의 분위기를 알고 있기에 적응 기간도 필요 없다. 그래서 이런 훈훈한 '이혼 후 재결합'을 종종 볼 수 있다.

이직하는 사람이 회사에 추천서를 써달라고

말할 때도 부담이 없다. 내가 일을 엉망으로 하지 않은 이상 웬만한 사람들이라면 추천서를 써준다. 계약을 어긴 것이 아니고, 현재 그 회사가 못 주는 좋은 기회를 다른 회사에서 찾은 것이라고 생각하기 때문이다. 좋은 이야기만 한다고 많은 회사에서 더는 추천서의 내용을 믿지 않는다고도 하지만, 이직할 때 추천서를 받는 것은 언제나 옳다.

승진도 내가 원할 때만

"넌 여기서 몇 년 일했어?"

"음… 얼마지? 한 15년 정도?"

그녀는 15년을 일했고, 나는 5년 경력자로 이곳에 입사했다. 그러나 그녀는 나와 직급이 같다. 나이를 묻지 않는 게 불문율인지라 우리는 서로의 나이를 정확히 모른다. 그녀가 일곱 살 된 딸이 있는 것으로 어림짐작할 뿐이다.

한국에서 대학교를 졸업하고 취직을 하고, 부푼 마음을 안고 싱가포르에서 새 직장을 구했다. 그렇게 시간이 지나 삼십 대에 막 들어서는 그때까지, 나는 교육받고 많은 사람이 생각하는 대로 승진의 사다리, 연봉의 사다리를 열심히 타는 것이 내가 가야 하는 길이라고 생각했다.

"이 나이에는 이 직급을 달고, 이 나이가 되면 연봉은 이 정도가 되고."

한국에서 일하고 있었으면서도 굳이 싱가포르에 온 것을 보면, 나도 일 욕심이 없는 사람은 아니었다. 싱가포르에 온 나의 유일한 목적은 새로운 경험, 여러 일을 해 보는 것이었다. 그래서 야근하지 않아도 되는 이곳에서도 기꺼이 야근을 하며 지금 하는 일에 대해 혼자 연구하고, 외근 가기 전에는 미리 답사도 했다. 일 욕심이 많기도 했지만 지금 생각해 보면 내가 한국에서 배운 대로 '열심히 일해 승진하기 위한' 마음도 없지 않았던 듯하다.

이곳에도 팀이 있고 팀장이 있다. 하지만 팀 내에서는 한국에서처럼 대리, 과장, 주임 같은 직급이 없다. 팀장 아래 모두가 같은 직급이다. 물론 연차나 능력에 따라 보너스를 더 받거나 월급이 다를 수는 있으나 어쨌든 직급은 똑같고, 서로 동등하게 일한다. 그래서일까, 같은 직급이라도 나이대가 상당히 다양하다. 게다가 승진에 있어서 '나이'는 전혀 고려대상이 아니다. 나보다 어린 팀장과 사수를 불편하게 여기는 사람도 없다. 내가 배운 대로 이 나이에 이 직급을 달아야 한다는 암묵적인 룰도 없다.

"승진을 원하지 않으면 굳이 하지 않아도 된다. 나이가 많다고 꼭 승진을 해야 한다는 스트레스를 받지도 않고 주지도 않는다."

똑같이 회사에 다닌다고 모두가 승진과 높은 연봉을 원하는 것이 아닐 수도 있음을 싱가포르에 와서 깨닫게 됐다. 앞에서 언급했던 동료는 이곳에서 15년도 넘게 일했다. 그 시간만큼 자신보다 늦게 입사한 사람이 팀장이 되는 것을 몇 번이나 보았을 것이다. 하지만 그 사실은 그녀와는 상관없는 일이었다.

아주 예전, 이 사실을 처음 깨달았던 날의 나는 이런 생각을 했다.

'뭐 이렇게 야망 없는 사람들이 있을까. 하루하루 내 자리에서 조용히 살아가는 게 정말 좋아?'

'아니 일도 잘하는데, 좀 더 욕심부리면 더 높은 자리 갈 수 있겠구먼.'

하지만 회사생활에 대한 만족도가 한국보다 높은 이곳에 살면서 어쩌면 '나이에 따른 승진의

압박'이 없는 것이 누군가에겐 행복한 회사생활
을 결정하는 척도일지 모른다는 생각이 들었다.

　사람은 저마다 달라서 더 높은 곳에 가고 싶
은 사람이 있는가 하면 그렇지 않은 사람도 있
다. 예를 들면 인기 예능 프로그램이었던 〈무한
도전〉의 콩트, '무한상사'의 정과장(정준하) 캐릭
터 같은 사람들? 그들에게 승진은 꼭 달성해야
하는 목표가 아니다. 그들은 그저 지금 자신이 하
는 일을 계속하길 원하며, 주위 동료가 잘되면 기
쁜 마음으로 축하해 준다. 이런 사람들의 근속연
수가 길어지면 그들의 존재로 인해 조직 내에 안
정감이 생긴다. 입사하자마자 이직을 계획하고
이직으로 자신의 몸값을 올리는 게 영리함으로
통용되는 사회에서, 이들의 존재는 어쩌면 답답
하게 여겨질 수도 있다. 하지만 이들은 분명 귀하
다. 실제로 나는 한 회사에서 10년, 15년씩 일한
동료들을 보며 굉장한 편안함과 안정감을 느끼곤
했다. 그렇게 오래 일한 사람이 있다는 건 어쨌든
그만큼 일할 만하다, 버틸 만하다는 증거가 되기
도 하니까. 그리고 내 경험상 이렇게 근속연수가
길지만 진급을 원하지 않는 직원들이 자신의 노

하우도 잘 공유하는 편이었다.

그런 사람들에게 굳이 쓰고 싶지 않은 감투를 써야 한다며, 이걸 하지 않으면 잘릴 수 있다고 압력을 넣어야 할까? 그렇게 억지로 진급하면 일을 잘할까? 스트레스가 일에 영향을 주진 않을까?

방향은 바뀌었지만 나는 여전히 일에 대한 욕심이 있다. 하지만 여기서 살며 모든 사람들이 나와 같지 않음을 깨달았다. 게다가 내가 한국에서 배운 대로 사다리를 하나둘 올라가는 게 꼭 정답이 아니라는 것도 알게 됐다. 그리고 무엇보다 욕심 없는 사람들도 충분히 행복하게 존중받으며 일하고 있다는 것을 알게 됐다. 물론 그들이 일을 대하는 방식은 나와 다르다. 나는 여전히 일 벌이는 걸 좋아하고, 성과도 눈에 띄길 원하는 사람이니까. 하지만 그렇게 굳이 승진이나 큰 발전을 바라지 않고 현재 내가 있는 자리에서 열심히 일하는 것도 우리 사회에 분명 필요한 일일 것이다.

어쩌면 요즘 한국 사람들이 불행하다고 느끼는 이유 중 하나는 모두가 높고 잘난 자리에 가고 싶어서가 아닐까? 아니, 가고 싶지 않은 사람마저도 그 경쟁에 내몰리기 때문이 아닐까? 자리는 한정되어 있고, 모두가 갈 수 없음에도 그것에 다다르기 위해 벌어지는 치열한 경쟁들. 모든 사람이 경쟁하지 않고 원하는 사람만 경쟁한다면 어떨까?

승진에 관심 없는 동료들을 보면서 직장에 대해 내가 가지고 있던 개념이 달라진다. 직장을 다니며 너무 거기에 힘주거나 쓸데없이 전전긍긍할 필요는 없는 듯하다. 긴장하지 말고, 그저 내가 할 수 있는 선에서 최선을 다 하기. 그들을 보며 직장을 대하는 마음가짐, 그것 너머 인생을 보는 마음가짐까지 생각해 본다. 어쩌면 나 같은 사람들은 너무 열심히 해서 빨리 나가떨어지는 건지도 모르겠다. 여기서는 승진도 철저히 개인의 의사에서 출발한다.

싱가포르의 직장생활은 일뿐만 아니라 인생에 대해서도 나에게 여러 질문거리를 던져주었다.

어디서 살아요?

이런 말을 하면 왠지 할머니 같지만, 처음 싱가포르에 왔을 때만 해도 에어비앤비(Airbnb, 세계 최대의 숙박 공유 서비스)가 활성화되어 있지 않았다. 요즘에는 관광 비자로 싱가포르에 와서 일을 구하는 사람들이 에어비앤비를 많이 이용하지만, 그 당시에는 보통 게스트하우스에서 지냈다. 싱가포르에서는 학생 비자나 취업 비자가 없는 한 현지인의 집에서 홈스테이를 한다거나 집을 빌릴 수가 없다. 당연한 말이겠지만 집주인이든 부동산 중개인이든, 외국인에게는 꼭 비자를 확인하는 것이 일반적이다.

기숙사에서도 살아본 적이 없었던 나는 그때

처음으로 다른 사람과 한 방에서 지냈다. 가족이 아닌 사람들과 함께 살아보는 경험을 대학생도 아닌 한창 일하고 자리 잡는 나이에 하다니, 솔직히 민망할 때도 있었고 내가 꼭 이렇게 살아야 하나 싶은 적도 있었다. 하지만 어느 때고 가장 젊은 때는 지금이라고, 더 늙기 전에 해본 그 경험은 그만큼 가치 있고 재미있었다.

"으악! 여기 도마뱀 들어왔어!"라며 처음엔 다 같이 호들갑을 떨다가 나중에는 벌레를 다 잡아먹는 도마뱀이라며 반쯤 키우다시피 했고, '밤 아홉 시마다 동네가 떠나가라 이상한 소리를 내는 저 남자는 도대체 뭐하는 거니?' 하며 심각한 (?) 회의를 하기도 했다. "10분밖에 안 남았어. 빨리 맥주 사러 가야 돼!" 열 시 반이면 슈퍼마켓에서 술을 파는 게 금지되기 때문에 그 시간에 맞춰 다 같이 전속력으로 달리던 때를 돌아보면 슬며시 웃음이 나온다.

다시 학생 때로 돌아간 듯 즐겁게 지낸 시간이었다. 비록 불편하기도 했지만, 누군가와 함께 산다는 게 거슬리진 않았다. 처음 외국 생활을 하는 나에게 룸메이트들은 고마운 버팀목이 되어주었다.

집을 찾다가 생각해본 인종 차별

"안녕하세요. 방을 좀 보고 싶어서요. 내일 세 시쯤 가능하세요?"

"네, 괜찮습니다. 그런데 어느 나라 사람이에요?"

나라도 작고 월세도 워낙 비싸기 때문에 싱가포르인들도 결혼 전에는 대부분 가족들과 함께 산다. 게다가 거주하는 사람의 40퍼센트가 외국인이다 보니 방을 구하려고 부동산 중개인에게 연락하면 다들 내가 외국인이겠거니 하는 것 같다. 처음에는 그들이 하는 질문에 별생각이 없었다. 워낙 외국인이 많아서 그렇겠지. 자기 집에서 살 세입자를 들이는 일이니 물어보는 건 당연하다고 별스럽지 않게 생각했다.

"어느 나라 사람인지 물어보는 거 보고 깜짝 놀랐어. 유럽에는 그런 질문이 법으로 금지되어 있거든." 인종 차별에 대한 인식이 아시아보다 일상적인 유럽에서 온 친구들은 싱가포르의 부동산 에이전트들의 질문에 당황해했다. 그들이 살던 나라에서는 집이나 직장을 구할 때, 어느 나라 사람인지, 어떤 인종인지 묻는 것을 법으로 금지해 놓았다면서. 그들의 말을 듣고 비로소 왜 에이전트들이 그런 질문을 하는지 알 수 있었다.

"사람을 가려 받고 싶은 거지. 자기 집에 XX나라 사람이 사는 게 싫은가 봐. 선호하는 사람들만 받아서 자기들이 좋아하는 동네를 만들든가." 그들은 인종 차별에 대한 담론을 사회적으로 자주 주고받다 보니 자연스럽게 이 질문에서 뭔가 이상한 점을 느낀 것이다. 자신이 받은 교육, 살아온 환경에 따라서 질문을 받아들이고 이해하는 태도가 다르다는 것을 새삼 느꼈다.

싱가포르인들도 암묵적으로 서양 사람, 특히 백인을 좋아한다. 나중에 알게 된 사실이지만 아시아인 중에서 선호하는 사람들은 한국인과 일본인이라고 한다. 두 나라 사람들이 깔끔하고 위생적이기 때문에 집주인으로서는 그만큼 걱정이 적다고 들었다.

내가 한국 사람이라는 것이 고맙긴 했지만, 태어날 때부터 정해진 국적 때문에 이런 일이 벌어지는 게 불공평하다는 생각이 든다. 나는 운이 좋아 한국에서 태어난 것뿐인데 말레이시아, 인도, 방글라데시에서 태어났다는 이유만으로 계속 차별을 받는다면 내 안에 패배감과 피해 의식이 자리할 것 같다.

그래서 집은 어떻게 구했어요?

한국에서는 혼자 독립해서 살려고 하면 가장 먼저 생각하는 것이 원룸이다. 하지만 싱가포르에는 원룸이 흔치 않다. 한국의 원룸 같은 것을 찾으려면 '원룸 스튜디오'를 찾을 수는 있지만 우리나라와 달리 고급 주거 형태에 속한다. 흔한 주거 형태는 아니고 대부분이 시내 중심가에 있어 월세가 만만치 않다. 모르면 몰라도 우리 돈으로 200만 원 근처를 웃돌 것이다. 방이 한두 개 정도 있는 집도 다 이 정도 가격이다 보니 싱글들은 셰어하우스 형식으로 다른 사람들과 함께 살거나, 싱가포르인 가족들이 사는 집에 홈스테이로 사는 경우가 많다.

나는 싱가포르인 가족의 집에서 홈스테이를 했다. 남의 가족과 함께 살다 보면 밤늦게 친구를 데려오지 못하고 조심스럽게 지내야 한다는 단점이 있지만, 그만큼 환경이 조용하다는 장점이 있었다. 자주 이야기를 나누거나 살갑게 지내지는 않더라도 싱가포르인의 생활을 바로 옆에서 보는 경험 또한 가치 있었다.

대부분 나라들이 그렇겠지만 싱가포르도 집의 실제 주인은 은행인 경우가 많다. 한국처럼 몇십 년에 걸쳐 모기지(mortgage, 부동산 담보 대출)를 갚아나가기 때문에, 세입자를 받아 그 돈을 더 빨리 메우려는 목적으로 방을 세놓는다. 처음에 살았던 집은 3층짜리 단독 주택이었는데, 큰 아이를 제외하고 둘째 아이와 셋째 아이가 부부와 함께 지냈고 방 두 개는 세를 놓고 있었다. 두 번째로 홈스테이한 집도 마찬가지여서, 그 집은 중학생 딸이 엄마와 함께 살면서 방 하나는 내게 세를 놓았다. 그런 환경에서 부모와 자식의 사이가 돈독해질 수도 있겠지만, 다 큰 아이들이 부모와 같은 방을 쓰는 모습에 가끔은 안쓰러웠다. (세입자가 집주인 생각해주는 상황인가?)

그리고 하나, 싱가포르에서 집을 구할 때는 꼭 가격 협상을 해야 한다. 집주인도, 부동산 중개소도 미래의 세입자가 가격 협상을 시도할 것이라는 전제하에 가격을 공지하기에 꼭 자신이 원하는 가격을 미리 생각해두어야 한다. 만약 한두 차례 가격 협상에 실패하면, 그때는 전기, 가

스, 물 같은 공과금을 월세에 포함하는 제안을 해
볼 수도 있다.

하나의 계절

'빨래는 건조기로 말리기'

'해가 비치는 날에는 신발을 햇볕에 두기'

'탈취제나 마른 신문을 옷장에 넣기'

누군가 내게 전해준 〈싱가포르에서 우기를 나는 법〉이다. '건조기를 안 쓰면 옷에 곰팡이가 슬어. 신발에도 항상 신경 써'라는 조언에 겁을 좀 먹었지만, 건조기 없이 산 기간 동안 다행히 곰팡이가 슨 적은 없었다. 우기라도 맑은 날에는 화끈하게 해가 쨍쨍 내리쬐는데, 그날을 놓치지 않고 햇볕에 눅눅한 옷과 신발을 널어 말린 덕분인지 사람들이 경고하던 일은 일어나지 않았다.

"Hot, Hotter, Hottest and Rainy!"

"싱가포르에도 사계절이 있어. 덥고, 더 덥고, 미친 듯이 덥고 그리고 비!" 싱가포르에 사는 사람들이 자주 하는 농담이다. 싱가포르는 사시사철 한국의 한여름 날씨가 지속되다가 11월이 되면 우기가 시작된다. 사실 우기가 아니라도 비는 자주 내리지만 그 와중에 매일 비가 내리는 우기는 남다르다. 나는 워낙 우중충한 날씨와 비를 좋아해서 한국에서도 1년 중 장마 기간을 가장 좋아했기 때문에 싱가포르에 우기가 있다는 걸 알고 신이 났다. 게다가 그 기간이 최소 3개월이나 지속된다는 거였다. 야호!

비가 올 때의 축축한 공기, 사람을 축 처지게 만드는 분위기가 좋다. 안 좋은 일이 있을 때 비가 오면 위로를 받았고, 좋은 일이 있을 때 비가 오면 맘이 설렜다. 특히 비 내리는 소리를 좋아한다. 우산과 빗물이 만들어내는 마찰음은 경쾌하고, 비가 지면을 두드리는 소리나 창문을 후려치는 소리는 시원하다. 아무튼 비라면 다 좋다. 무언가에 집중하고 있다가 문득 고개를 들어 창밖을 바라보는데 비가 오고 있으면 그렇게 행복할 수가 없다.

동남아 지역에는 일종의 소나기라고 할 수 있

는 스콜(squall)이 내린다. 맑은 하늘이 한순간 어두컴컴해지면서 촤악 하고 온갖 것을 쓸어버릴 것처럼 한두 시간 동안 세차게 비가 쏟아진다. 건물 안에 있을 때 스콜을 만나면 '땡큐! 드디어 오셨군요!' 하고 반가워하고, 외출할 때 스콜을 만나면 가까운 카페에 뛰어든다. 그리고 비를 감상한다.

이 글을 쓰고 있는 지금도 비가 쏟아지고 있다. 하늘에 구멍이 뚫린 듯 쏟아지는 비에 맞은편 건물이 보이지 않을 만큼 시야가 흐려진다. 더위에 한껏 달궈진 아스팔트에 김이 올라오고, 양산이 우산으로 바뀌는 걸 구경한다. 말랐던 수로에 순식간에 물이 차오른다. 365일이 더운데 비마저 오지 않았다면 내가 이곳에서 버틸 수 있었을까.

일 년 내내 여름옷

나는 모든 계절을 좋아한다. 봄은 봄이라서, 여름은 여름임에도 불구하고, 가을은 가을대로, 겨울은 겨울이니까 좋다. 처음 싱가포르에 왔을 때가 9월 초였다. 다행히 옷장에 고이 모셔둔 겨울옷을 뒤적거릴 필요 없이 매일 입던 옷들만 이

민 가방에 쑤셔 넣어 가져왔다. 게다가 여름의 끝자락이었으니 내 몸은 이미 여름에 한껏 적응한 상태였다. 여름이 건조한 나라에서 온 친구들은 습하고 무더운 이곳의 날씨를 참 견디기 힘들어했다. 하지만 한국의 여름에 익숙한 나에겐 별 문제 될 게 없었다. 나중에 여름이 습하지 않은 나라에 가보고 나서야 이런 습한 더위가 얼마나 사람을 미치게 하는 환장 콜라보인지를 알게 됐지만.

일 년 내내 한 계절만 있는 곳에서 살 때의 좋은 점은 바로 '옷'이다. 여기에선 여름옷만 있으면 아무 문제가 없다. 계절이 바뀔 때마다 '입을 옷이 너무 없구나. 내가 지난해에 벗고 다녔나 보다'라고 푸념하던 버릇도 사라졌다. 3개월 전, 6개월 전에 입은 옷을 여전히 입을 수 있다는 게 얼마나 간편한지! 옷을 사는 수고도 덜고 돈도 많이 아낄 수 있다.

새삼스레 여름옷과 겨울옷 가격의 차이도 인식하게 됐다. 옷이 가벼운 건 말할 것도 없다. 치마를 좋아하지 않았는데, 더운 날씨에 시원하고 편하다는 이유로 원피스를 입고 다니기 시작했다. 원피스 입기는 내게 혁명 같은 일이었다. 가

볍고, 입기 편하고, 관리는 쉽고. 이 좋은 걸 왜 이제야 발견했지? 핫팬츠도 같은 맥락이었다. 일하러 갈 때만 빼고 어디든 핫팬츠를 입고 다닌다. 상황에 따라 상의만 변화를 주면 난 쉽게 놀러가는 사람이 되기도 하고, 집 앞 슈퍼에 가는 사람이 되었다. 특히 이 집 저 집 이사 다니는 메뚜기 세입자에겐 부피가 작은 여름옷은 맞춤옷이나 마찬가지다.

여름의 마법

한국 직장인들이 가장 손꼽아 기다리는 여름휴가. 대부분의 직장인이 여름에 휴가 가는 한국에서는 휴가라는 말에 '여름'이 붙어있는 게 전혀 어색하지 않다. 초여름이 시작할 때쯤이면 묘한 분위기가 모락모락 피어오른다. 짧아진 소매만큼이나 느슨해진 기분, 여기저기서 들려오는 휴가 계획. 마음이 가벼워진다. 일이 잘 안 풀려도 괜찮아, 곧 떠날 거니까. 나는 이걸 '여름의 마법'이라 부르곤 했다. 여름의 축축하고 더운 공기는 내가 곧 어딘가로 떠난다는 사실을 늘 일깨워 주었다. 여름은 그랬다.

그런 여름이 이곳에서는 1년 365일이다. 사무실을 나올 때쯤 도시를 덮는 노을과 함께 도로의 소음, 무더운 공기와 마주하는 순간, 늘 그렇듯 나는 휴가와 반쯤 텅 빈 도시를 상상한다. 고개를 젖혀서 웬만한 2, 3층 건물보다 높은 야자수와 붉은 하늘만 시야에 담으면 이곳은 영락없이 동남아의 어느 바닷가가 된다.

나는 지하철을 탈 것이고, 집에 갈 것이고, 내일 다시 출근할 것이다. 휴가 계획도 없다. 하지만 이 순간, 아니 매일 이 시간 나는 휴가 가는 기분이다. 이곳에서 몇 년을 살아도 그 기분만큼은 변하지 않았다. 여기서는 매일매일 '여름의 마법'이 펼쳐진다.

계절이 바뀌는 것

적도와 가까운 나라에 산다는 것은 해가 뜨고 지는 시간의 변화가 거의 없다는 것을 의미한다. '해가 늦게 뜨고 빨리 지는' 겨울과 '해가 빨리 뜨고 늦게 지는 여름'이라는 개념이 여기에는 없다. 아침 여섯 시 반쯤 어렴풋이 해가 뜨기 시작하여, 일곱 시 반쯤 해가 완전히 뜬다. 그리고 저

녁 일곱 시를 전후로 해가 서서히 진다. 그 패턴
이 1년 내내 똑같다. (실제로 해가 뜨는 시간만 놓고
보면 싱가포르는 현재 시간보다 한 시간 더 느려야 한다.
베트남, 인도네시아 같은 주변국들과 비교해도 싱가포르
만 한 시간이 빠르다. 정부가 중국과의 비즈니스 등을 위
해 같은 시간대를 쓰고자 의도적으로 한 시간을 빨리 맞
췄기 때문이다. 말레이시아는 싱가포르와 시간대를 맞추
기 위해 시간을 바꾸었다. 그래서 싱가포르와 한국의 시
차는 한 시간밖에 차이가 나지 않는다.)

해가 뜨고 지는 시간이 의외로 삶에 영향을
많이 미친다는 것을 그전에는 미처 알지 못했다.
사람은 의외로 많은 부분을 계절에 기대어 생각
하고 있었다.

'날씨가 추워지고 있어. 가만 보자. 올해도 두
달밖에 안 남았네? 그동안 나는 뭐했지?'

'벚꽃 피기 전에 남자 친구 만들어서 같이 꽃
구경 갈 거야!'

'여름이 오기 전까지 10킬로그램 빼고야 만
다!'

'가을 즈음에는 이 일을 다 끝내놔야지.'

계절은 사람이 계획을 세울 때 일종의 데드라
인이 된다. 그걸 해내느냐 마느냐는 또 다른 문제

긴 하지만, 작심삼일을 반복하다 결국 내가 잊고 있던 계획을 일깨우는 건 계절의 변화였다. 한 계절이 끝나가는 것은 3개월이 지났다는 것을 의미했고, 겨울이 다가온다는 것은 한 해가 끝나는 것을 의미했다. 그것을 피부로 느낄 때면 항상 나는 자연스럽게 뭘 했고 못했는지 지난 시간을 돌이켜보았다.

그런데 이곳에는 그런 변화가 없다. 내가 지금 어디쯤 와 있는지, 뭘 하고 있는지, 생각하는 시간이 상대적으로 줄고 있었다. 항상 똑같은 날씨는 어제를 끊임없이 반복하는 것이었다. 나는 달력을 자주 봤고, 의도적으로 내가 오늘 한 일을 적어나가게 됐다.

가끔은 계절의 변화가 그립다. 온몸이 느끼는 사시사철의 변화와 그때마다 내가 느끼는 감성이 그립다. 여름옷만 입어서 편하다고 말은 했지만, 부츠와 트렌치코트가 입고 싶은 날이, 에어컨 때문이 아니라 날씨 때문에 춥고 싶을 때가 있다. 해가 길어져 마치 시간을 선물 받은 것 같았던 여름과 나를 차분하게 만들던 가을과, 헉! 하고 숨을 멎게 만드는 겨울 아침의 차가운 공기가 못 견디게 그리울 때가 있다.

떼려야 뗄 수 없는 외로움

싱가포르에서 첫 1년은 모든 게 새로웠고 적응하느라 정신이 없었다. 돈도 없고 일도 없어 항상 전전긍긍해서 더 그랬을지도 모른다. 하지만 모든 게 안정권으로 접어들 무렵 한 번도 느껴보지 못한 것을 느꼈다. '외로움'

나는 그렇게 감정이 민감한 사람이 아니라 이 느낌이 당황스러웠다. 옆구리가 시리다는 식의 외로움이 아니었다. 정확하게 말하면 '고립된 느낌'이었다. 회사에서는 모두 철저하게 일만 해서 따뜻하게 이야기하는 사람이 없었다. 물론 시간이 지나면서 그런 동료들이 생기기는 했지만 어디까지나 '같이 일하는 사람'일 뿐이었다. 게다가 싱가포르에서 친하게 지냈던 친구들이 하나둘씩 싱가포르를 떠났다. 이곳에서 일하고 사는 기간이 1년, 2년 늘어가며 한국 친구들과도 하나둘 연락이 끊겼다. 이걸 꼭 나쁘다고 생각하지는 않는다. 연락이 끊긴다는 건 관계가 그만큼 약하다는 뜻이고, 지금이 아니라도 언젠간 끊길 것이었으니. 다만 내가 외국에 있어서 그런지 사람들과 멀어지면 멀어질수록, 한국과의 고리가 조금씩 끊긴다는 서운한 감정이 남았다.

나는 '한국인으로' '싱가포르에' 살고 있다. 싱가포르인들에 섞여 살고 있지만, 죽었다 깨어나도 그 사람들이 세상을 받아들이는 것처럼 느끼지는 못할 것이다. 물에 섞이지 못하고 둥둥 뜬 기름 한 방울. 그 어정쩡함을 종종 느끼곤 했다. 그리고 이 느낌은 자연스레 내 정체성에 대한 고민으로 이어졌다.

'나는 도대체 왜 여기서 이러고 있나? 내가 과연 다시 돌아갈 수 있을까?'

'이런 기분에 휩싸여 살 거라면 차라리 한국에 있는 게 더 낫지 않을까?'

일이라도 잘 풀리면 모르겠지만 회사에서 내가 맡은 일이 잘 안 풀리면 고민은 배가 된다. 정이 없고, 해고가 잦은 곳이라 마음 붙일 곳이 없어 더 그럴지도 모르겠다. 칼퇴근을 하고 회식이 자주 없어서 내 시간이 늘어나니 아이러니하게도 외로움을 느낄 시간이 많아졌다.

정체성에 대한 고민, 외로움. 스트레스에 시달리던 어느 날, 책상 밑에 떨어진 펜을 주우려고 허리를 한껏 굽혔을 때 바지의 단추가 터져버렸다. 이 비참함… 내 인생 최고의 목표 중 하나였던 해외 취업을 이루고 돌아온 보상이 늘어난 뱃살과 최고점을 찍은 몸무게, 우울한 얼굴이란 말인가. 해외에 나와서 일을 찾고 회사를 잘 다니면 만사에 만족할 줄 알았는데, 정말 생각지도 못한 것이 나를 오랫동안 괴롭혔다. 혹시나 우울증일까, 병원에 가야 하나 걱정이 들기도 했다.

사람들을 만나도 순간일 뿐, 이 감정은 늘 나를 따라다녔다. 호기롭게 잘 다니던 직장을 그만두고 이곳에 왔는데, 이제는 외롭고 불안하기만 했다. 달리 해결할 방법이 생각나지도 않았다. 한국에 돌아가려니 이곳의 생활을 포기하고 싶지 않고, 다시 그 어려운 구직 활동에 뛰어들 생각을 하면 막막하기만 했다. 무력감이 깊어졌다. 그 어느 곳에도 소속되지 못한다는 불안감과 내가 살던 곳에서 점점 잊혀지고 있다는 두려움. 게다가 내가 싱가포르를 그렇게 좋아하지 않는다는 것을 깨달으며 불안감은 점점 심해졌다.

막바지에 도달했다는 생각이 든 어느 날, 이 상황에서 벗어나려면 내 생각의 방향을 바꿔야만 한다는 걸 깨달았다. 살아가려면 별수 없었다.

외국에서 일하며 혼자 사는 나는 외로울 수밖에 없나? 아니, 아직 부양할 가족이 없기 때문에 더 다양한 사람을 만나고 더 다양한 경험을 할 수 있는 기회가 있다. 게다가 여긴 외국이다. 한국에 있을 때 컴퓨터 바탕화면에 깔아놓고 꿈을 꾸던…

아무도 뭐라 하는 사람이 없으니 남의 눈치 보느라 못했던 걸 할 수 있었다. 게다가 한국보다 비교적 '워라밸'이 보장되는 사회에서 내가 하고 싶었던 것에 도전할 수 있는 시간도 충분하다. 긴 저녁 시간 덕분에 요가, 드럼, 영어, 수영, 스피치를 배우기도 했고 혼자서 때로는 친구들과 많이 싸돌아다녔다. 다양한 나라의 사람들이 살고 있는 싱가포르에서 내 절친도 인도인, 싱가포르인, 한국인, 프랑스인 등으로 다양하게 바꼈다.

그때부터였나. 나는 나 자신을 한국인보다는

세계인으로 여기자고 생각했다. 한국에 대한 소속감? 어차피 개방이 불가피한 요즘 세상에서 내가 어느 나라에 소속되어 있다는 것이 그렇게 중요한가? 미국에서 유행하는 게 아시아에 오기까지 채 일주일도 걸리지 않는다. 방탄소년단이 컴백하면 전 세계 사람들이 동시에 뮤직비디오를 찾아보는 세상이다. 한국에 있을 때도 인사이더가 아니었으면서 왜 그 사회에 돌아가지 못해 전전긍긍하고 있는 거지? 내가 어떤 나라에 속한다는 게 무슨 상관일까? 그걸 걱정할 시간에 세상 돌아가는 걸 공부하는 게 오히려 낫지 않을까?

어차피 내가 미래에 어디서 무슨 일을 하든 이 열린 세상에서 일할 수밖에 없다는 생각이 우울한 기분을 잠재웠다. 소속감에 대한 욕구, 불안감, 외로움은 여전히 마음속 어딘가에 남아 있지만, 그 감정을 다독일 수 있는 새로운 기억과 경험들이 있지 않나.

내가 이곳에서 계속 살지, 돌아가게 될지 앞날은 여전히 알 수 없지만, 나를 이곳에서 흔들어댄 외로움은 내가 한국에 가더라도 나를 따라다닐 것이었다. 누군가 옆에 있든 없든, 내 나라에서 살든 그렇지 않든, 외로움을 피할 수 없다는 것을 이제 조금 알 것 같다. 이 외로움을 잘 다독이고 사는 것은 살아 있는 사람 모두의 일이라는 것도.

I형 인간의 해외살이

나의 MBTI는 INFP이다. I로 시작하는 내향형 인간. 나는 내가 내향적인 사람이란 것을 해외에 나와 비로소 깨달았다. 한국에서 살 때는 늘 약속이 있고 바빴다. 항상 그런 건 아니지만 동아리나 스터디 등의 모임에서 간부 역할도 종종 맡았다. 만날 사람이 많고 할 일이 많다는 이유로 하루에 몇 개의 약속을 잡기도 했다. 음주가무가 들어가는 약속도, 밤새도록 노는 것도 좋아했다.

"너는 어쩜 그렇게 참 다른 팀하고도 잘 지내고, 상사들하고도 잘 지내니?"

첫 회사에 다닐 때는 이런 말도 꽤 들었다. 내가 속했던 영업팀은 항상 생산팀이나 총무팀 등과 마찰이 있었는데 내가 일하는 동안에는 그 마찰이 훨씬 적었다. 나는 기존에 마찰을 빚던 팀과도 잘 지내며 회사 분위기를 좋게 만들던 사람이었다. 물론 혼자 있는 시간이 정말 편했고 그런 시간이 필요했지만, 나는 내가 외향적인 것에 아주 가까운 사람이라고 철썩같이 믿었다. (참, 이때는 MBTI 테스트가 유명하지 않던 때고, 나 역시 이 테스트를 해 보지 않았다.)

그러다 싱가포르에 왔다. 처음으로 룸메이트라는 존재가 생겼다. 불편하진 않았지만 희한하게 혼자 있는 시간이 자주 필요했다. 나는 종종 방 밖으로 나가 혼자 산책을 했다.

"오늘 우리 여기 가려고 하는데 같이 갈래?"

이런 질문에 늘 'Yes'라고 대답하던 나는 언제부턴가 'No'라는 대답도 섞기 시작했다.

싱가포르에 온 지 세 달 후, 그날따라 왜 그랬는지는 모르겠지만 물끄러미 거울을 들여다보게 됐다. 얼굴에 뾰루지가 난 것도, 다친 것도 아니었다. 의식이란 것이 생긴 이후 지금까지 매일 거울을 최소 한 번은 보며 살았을 텐데, 그날 비로소 내가 어떻게 생겼는지 알게 됐다.

'내가 이렇게 생겼구나. 두 눈이 완전히 같지는 않구나. 내 눈썹은….'

정말 낯설었다. 나는 내가 생각하던 것과 완전히 다르게 생긴 사람이었다.

'평생 달고 다닌 내 얼굴도 제대로 못 볼 정도로 그동안 밖으로 나다니기만 한 걸까? 다른 사람과 세상만 보느라 정작 나 자신을 보지는 못한 건가? 나는 그동안 무슨 생각을 하며 산 거야?'

한창 원서 넣고 면접 보고 떨어지고 다시 원서 넣고 하는 날들의 연속이었다. 백수의 삶은, 그것도 친구가 많지 않은 해외에서 백수의 삶은 아이러니하게도 나를 제대로 볼 수 있는 시간을 주었다.

싱가포르에서 나는 사업개발팀에서 일했다. 모르는 사람에게 연락해서 우리 회사를 알리고 그들과 관계를 만들어내는 일. 모든 사람이 조금씩 MBTI에 대해 아는 요즘이라면 아마 이런 소리를 듣지 않았을까?

"INFP가 그런 걸 했다고요?"

"네, 그것도 아주 잘했어요."

혼자 한 일은 아니지만 나는 우리가 정한 가

망 고객들의 거의 100%와 새롭게 관계를 만들고 비즈니스를 만드는 데 큰 역할을 했다. 하지만 당연히 그 과정은 순탄치 않았다. 이 일의 가장 큰 장애물은 모르는 그에게 연락하기까지 내가 가지고 있는 두려움을 허무는 일이었다. 연락하는 시간은 겨우 5~10분밖에 안 걸렸지만 내 마음의 준비에는 최소 1시간이 걸렸다. 우선 말을 시작하면 특유의 임기응변 능력이 더해져 술술 흘러갔지만, 대화가 끝나고 나면 나는 거의 탈진 직전의 상태에 빠지곤 했다. 그때 처음으로 생각했다.

'나, 내향적인 사람인가 봐.'

"밥 먹으러 같이 갈래?"

"나 지금 하고 있는 거 빨리해서 넘겨야 돼가지고… 너희 먼저 갔다 와."

우연히 급한 일이 있어 동료들을 먼저 보내고, 나중에 혼자 밥을 먹던 날. 세상에나! 직장에서 혼자 밥 먹는 게 이렇게 편하다는 걸 처음 알게 됐다. 더군다나 별일 없으면 점심 시간을 혼자 보내도 된다는 사실은 이 생각에 더 불을 붙였다. 동료와 이야기하지 않고 온전히 식사에 집중

할 수 있다는 게 나 같은 사람에게 얼마나 꿀 같은 휴식인지, 다시 에너지를 충전할 수 있는 시간인지를 깨달은 거다.

"나, 내향적인 사람이었어. 내가 낯을 가리지 않는 사람이라 그동안 착각하고 있었던 거였어. 실제로 사람들과 연락하고 만나는 일을 해 보니 알겠네. 나는 혼자 있는 걸 더 좋아하는 사람이야."

그렇게 약 1년 후, 친구와 오랜만에 가진 저녁 자리에서 마치 숨겨온 비밀을 발견한 듯 말했다.

"집이 같은 방향이네. 같이 가."

"어… 그래."(지금까지 같이 놀았잖아요. 왜 같이 가자고 하는 거야? 편하게 혼자 가고 싶다고.)

"지금 뭐 해? 나와."

"아니, 내가 어제도 놀고 와서 오늘은 좀 혼자 있고 싶네."

지금 보니 나는 내향적인 요소를 충분히 갖추고 있었지만 외향성을 미덕으로 여기는 사회에서 어쩔 수 없이 외향성을 선택해 그것에 엄청난 에너지를 쏟으며 살고 있었다. 내가 태어나고 자란 곳과 달리 여기서는 같은 회사, 같은 팀이라는 이유로 함께 밥을 먹거나 술을 마셔야 할 필요가 없다. 자연스럽게 친해지는 것은 당연히 환영이지만, 퇴근 후 시간을 사용하면서까지 혹은 억지로 그에게 맞추기 위해 기를 쓸 필요는 없는 것이다.

그렇게 개인의 의사와 사정을 인정해 주는 조직에서 내 안의 내향성은 점점 커져갔다. 비로소 진짜 나를 찾았다고나 할까. 이런 나를 인정하고부터는 굳이 힘들여 지인을 만들려는 노력을 하지 않게 되었다. 아는 사람이 줄어드는 부작용은 생겼지만 어차피 이방인이니 문제가 되지 않았다. 오히려 그 시간에 내가 열정을 가지고 있는 부분을 발견하고 에너지를 쓰기 시작했다. 그것을 하며 이 일 저 일 벌이고 거기서 자연스럽게 새로운 사람들을 만나게 됐다.

나는 우연히 나의 본성을 발견하게 됐고, 그것을 인정해주는 환경 속에서 진정한 나를 만났다. 아이러니하게도 태어나 자란 곳을 떠나오며 나를 발견하는 재미를 찾을 수 있었다. 여행을 제대로 다녀오면 자신에 대해 배우게 되는데, 그점에서 내게 해외취업은 아주 아주 긴 장기여행이나 다름없다. 게다가 그렇게 극대화된 내향성 덕분에 혼자 있는 시간을 늘리며 그때 한 생각을 글로 옮기기 시작했고, 책까지 내게 됐으니 인생이 재미있다.

사실 한국, 외국을 떠나 외향적인 것은 내향적인 것보다 유용하다. 한국보다 개인을 더 중시하는 서구권에서도 학교나 회사에서 외향적인 사람이 더 스포트라이트를 받고 더 선호된다. 결국 인간이 하는 모든 일은 다른 사람과 하는 것이기 때문에 외향적인 것을 십분 발휘하여 타인과 먼저 유대관계를 쌓는 게 중요하기 때문이리라. 하지만 싱가포르에 살면서 내향적인 사람도 충분히 존중받고 있다는 생각이 든다. 아니 외향적이니 내향적이니 그런 구분도 희미해진, 그저 하나의 인간으로서 존중받으며 살고 있다는 생각이 강하게 든다.

그래서 친구를 어디에서 만나나요?

외국에서 살아본 지 얼마 안 되었거나 아직 그 나라 언어에 자신이 없는 사람이 있다면, 언어 교환(language exchange)을 적극 추천하고 싶다. 다른 나라라면 몰라도 동남아를 비롯한 다른 아시아 지역에서는 한국에 관심이 많고, 한국어를 배우고 싶어 하는 사람이 많아서 이런 모임에 항상 사람들이 많다. 한류 덕분에 아시아뿐 아니라 미국이나 유럽에서도 한국어를 배우고 싶어 하는 사람들이 점점 늘고 있으니까.

영어로 누군가와 대화하는 게 두려운 사람, 새로운 나라에 적응 기간이 필요한 사람들에게 이런 모임은 꼭 필요하다. 기본적으로 자신에게 호감이 있는 사람들과 교류하는 것이 처음 그 나라에 발을 붙이는 사람에게 얼마나 큰 도움이 되는지 살아보면 안다.

첫 현지인 친구 역시 언어 교환을 통해서 만났다. 그 친구를 통해서 여러 사람을 소개받고 나역시도 다른 친구들을 소개하며 실타래 엮이듯 자연스럽게 그룹이 만들어졌다. 그 덕분에 현지인이 아니었으면 모르고 지났을 HDB에 숨어 있는 현지 맛집에도 갈 수 있었다. 싱가포르에 사는 사람도 멀리서 굳이 왜 여길 오나 생각할 만큼 낡은 외관이지만, 아는 사람들만 아는 그런 곳이었다. 그곳에서 처음으로 버터 크랩과 사슴고기 요리를 먹으면서 그제야 비로소 싱가포르에서 사는 것 같았다.

몇몇 사람들에게 '한글을 처음 봤을 때, 외계인의 언어 같아 보였다'란 말을 들은 적이 있다. 예전에는 미처 몰랐지만 고유의 모국어가 있다는 사실은 꽤 멋진 일이었다. 가끔씩 회사에서 극도로 화가 날 때 한국어로 욕을 해도 아무도 알아듣지 못하는 건 엄청난 장점이었다. 모두가 알아듣는 영어가 모국어가 아닌 게 얼마나 다행인가 싶었다.

물론 영어가 모국어인 나라에 태어났다면 이 21세기를 살면서 정말 편하긴 했을 거다. 싱가포르에서 국내 대학교로 진학하지 못한 사람들이 영어를 쓰는 나라로 쉽게 유학을 가는 것만 봐도 그렇다. 그런데 영어가 모국어인 사람들은 이미 충분히 가졌기 때문인지, 다른 나라의 언어에 별로 관심이 없어 보인다. 모두 다 영어를 배울 필요는 없지만, 나 역시도 필요에 의해 영어를 배우기는 했어도, 내 입에서 모국어인 한국어뿐 아니라 다른 언어가 나온다는 것은 생각보다 멋진 일이다. 그리고 누군가에게 내 모국어를 가르칠 수 있다는 것도 꽤 뿌듯한 일이다.

밋업

요즘은 한국에도 밋업(meetup.com)을 아는 사람들이 많다. 그래서 외국인 친구를 사귀고 싶은 사람들은 이곳을 많이 이용하는 걸로 알고 있다. 싱가포르를 비롯한 다른 나라에는 이 밋업이 예전부터 활성화되어 있다. 나는 밋업의 존재를 알고는 있었지만 가지 않았다. 한 친구에게 "밋업에는 이상한 인간들만 모인다"는 말을 들었기 때문이었다.

밋업의 모임은 목적에 따라 정말 달랐다. 단순히 주말 저녁에 유흥을 즐기기 위한 모임에는 친구가 말한 그런 사람들이 있다. 아마도 밋업에 대한 안 좋은 기억이 있다면 이런 모임 때문이 아닐까 추측한다. 나도 처음엔 친구의 말에 밋업을 시도해볼 생각을 아예 안 하고 있었다. 그런데 언젠가 심심해 죽을 것 같은 어느 저녁에 '하는 일 없이 외국에서 나이만 먹어가는구나. 놀면서 영어 실력을 좀 늘릴 곳은 없나?' 한탄을 하다가 문득 밋업이 떠올랐다. 친구 말이 귓가에 걸려 있긴 했지만 내가 직접 경험을 해보고 나서 할지 말지 결정하는 것이 좋겠다는 결론을 내렸다.

입문 수준으로 우선 밋업에서 주말에 열리는 네트워킹 모임에 참석했다. 주말 저녁에 열린다는 점에서 알 수 있듯, 수많은 싱글 남녀들의 모임이었다. 주말에 집에만 있기 심심한 사람, 썸을 찾으러 오는 사람, 보험사와 부동산에 종사하며 예비 고객을 찾으러 오는 사람, 싱가포르로 여행이나 출장을 온 사람 등 다양한 직업군에서 일하는 많은 사람들이 모여들었다. 초반에는 재미있어서 주말마다 참석하는 죽순이 생활을 했다.

생전 들어본 적도 없는 분야에서 일하는 사람들을 만나 대화를 하며 자연스레 영어 회화도 익혔다. 알 듯 모를 듯한 썸도 탔지만, 목적이 빤한 사람들과 하는 얘기는 다 거기서 거기인 것 같다는 걸 느끼며, 어느 때부턴가 흥미를 잃고 발걸음을 끊었다.

대신 좀 더 심화된 단계로 다른 모임에 눈을 돌렸다. 밋업에는 정말 다양한 모임들이 있었다. 거의 모든 운동과 여행, 영화, 캘리그래피, 언어, 트레킹, 명상, 비즈니스, 마케팅, 코딩, 스피치까지… 이전에 생각지도 못했던 명상이나 바닷가에서 하는 요가 모임, 탱고 모임에 참석하면서 새로운 생활에 눈을 떴다.

나는 워낙 감정 기복이 심한 성향이라 그 점을 좀 고치고 싶었는데, 밋업에서 명상 모임을 찾을 수 있었다. 인도에서 왔다는 차크라 명상에 몇 달간 다니기도 했다.

"이 피라미드의 네 꼭짓점을 통해 우주의 기가 우리 몸에 내려오고 있습니다. 당신의 몸에서 차크라를 느끼세요. 차크라가 당신의 몸과 정신을 감싸고 있습니다. 눈을 감고 심호흡을 크게 하세요. 당신은 지금 푸른 잔디밭에 있습니다."

머리 위 천장에 피라미드 모빌을 매달아두고 한 시간 동안 눈을 감고 명상을 하는 곳이었다. 장소는 싱가포르의 리틀 인디아(Little India)였고, 명상 인도자만이 아니라 참가자들도 대부분 인도 사람이었다. 그곳에 있으면 마치 인도에 있는 기분이 들었다. 첫날은 한 시간 중 50분을 잤고, 둘째 날은 좀 적응이 된 건지 30분 동안 수면과 명상을 번갈아 할 수 있었다. 그 이후로는 거의 졸지 않고 한 시간 동안 묵언수행을 하며 그 차크라라는 것을 느끼려고 애썼다. 인도자가 약간 사이비 종교스러운 멘트를 중간중간 넣는 덕분에 우주의 기운이 느껴지는 것도 같았다.

이렇듯 관심이 가는 취미 활동이 있다면 밋업을 통해 그 분위기를 대략 파악할 수 있고, 그 취미를 즐기는 사람을 만나 직접 이야기를 들어볼 수도 있다. 무엇보다 나와 관심사가 비슷한 사람들을 만날 수 있으니 아마도 친구를 찾기에 적합한 장소가 아닐까? 밋업을 통해 나는 아르헨티나 탱고를 배우고, 음악회에 참석하고, 영화를 감상하고, 야영을 했다. 그리고 싱가포르의 다단계 판매원도 만나며 '역시 사람 사는 곳은 다 비슷비슷하다'는 것도 다시 한 번 느꼈다. 지구가 만들어진 이래로 변치 않는 만고불변의 진리, 끼리끼리, 유유상종의 미덕을 확인할 수 있는 곳이 바로 이 밋업이다.

밋업 외에도 관심 있는 주제의 세미나와 전시회에 참석하면 나와 비슷한 관심사를 가진 사람들을 만날 수 있다. 동네마다 있는 커뮤니티 클럽(community club)을 이용할 수도 있다. 주기적으로 운동, 취미, 지역 행사 프로그램 등이 열리고, 비용도 일반 학원보다 저렴하다. 한국의 주민센터 같은 분위기인데, 나는 이곳에서 동네 주민과 이웃사촌이 되었다.

그와 헤어진 이유

크리스마스와 연말을 맞이하여 회사가 열흘 동안 휴가에 들어갔다. 세계의 불가사의에 꽂혀 있던 10대 때부터 버킷리스트에 항상 올려놓았던 희망사항을 실행하기로 했다. 그 희망사항이란 캄보디아 여행이었다. 드디어 앙코르와트에 가는구나, 눈물이 날 지경이었다.

열흘간의 꿈 같은 여행을 마치고 싱가포르에 돌아온 내게 여행 중에 가끔 보고 싶었던 썸남과의 재회가 기다리고 있었다. '이제 밀당은 그만하고, 한번 잘 해보자.'

싱가포르인인 그가 항상 추천하던 레스토랑에서 우리는 만났다. 밥도 맛있고, 마주 앉은 그 사람도 훈훈하고. 분위기가 한창 무르익은 시점에서 그가 물었다.

"캄보디아 여행 갔다고 했지? 얼마 들었어?"

"아, 그러니까… 그게… 얼마 들었더라?"

'내가 그렇게 꿈에 그리던 캄보디아를 다녀왔다는데, 고작 한다는 질문이 얼마 들었냐니?'

한 사람에게 오만 정이 다 떨어지는 건 한순간이다. 바로 이런 순간.

'넌 정말 그게 제일 궁금하니? 캄보디아 사람, 유적지, 음식, 이런 게 궁금한 게 아니고 정말 내 경비가 제일 궁금한 거야?'

나 역시도 돈을 중요하게 여기는 사람으로서 그 질문을 이해 못 하는 바는 아니다. 하지만 최소한 여행을 다녀왔다는 사람에게 하는 첫 질문으로 돈 얘기는 너무하지 않나. 그가 곧 캄보디아로 여행 갈 계획이었다면 이해할 수 있지만, 그것도 아니었다. 그렇다고 그가 구두쇠 타입의 남자도 아니었다. 싱가포르인으로서는 굉장히 드물게 그는 사귀지는 않아도, 좋아하는 여자에게 선물도 하고 밥도 잘 사는 그런 사람이었다.

"싱가포르인이 만날 때마다 밥도 사고 집에도 데려다준다고? 그런 애는 무조건 잡아야 돼!"

그런 말을 얼마나 많이 들었던가! 첫 번째 타이밍이 안 맞아 썸이 길어졌지만 이제 막 그 기간을 끝내려던 참이었다. 그런데 정말 웃기게도 그 질문 하나로 그 마음은 온데간데없이 자취를 감춰 버렸다.

사람은 남에게서 자기 모습을 발견하는 것을 싫어한다고 했다. 어쩌면 그 누구보다 돈에 마음 졸이며 살아온 나였기에 그의 질문에 민감하게 반응한 건지도 모른다. 지금 생각하면 그 때문에 사람에게 마음이 식고 시작하기도 전에 인연을 끝내버린 게 안타깝기도 하지만.

"그루폰(Groupon) 같은 회사가 왜 싱가포르에서 수익이 잘 안 나는지 알아? 이 나라 사람은 쿠폰을 무조건 써먹거든. 싱가포르인이 쿠폰을 사고 안 썼다면 둘 중 하나야. 입원했거나 죽었거나." 누가 이런 농담을 한 적이 있다. 그때는 배를 잡고 웃었는데 살면서 그 농담이 단순한 농담이 아니라는 걸 종종 느꼈다. 도시국가로 독립한 후 급속도로 경제가 발전해서 더 그럴지도 모른다. 자본주의 사회에 살면서 돈을 신경 쓰지 않는 사람이 과연 얼마나 될까. 하지만 내가 사는 동안 그 시간을 두고두고 돌아보게 만들 경험과 추억을 쌓는 것에 돈부터 들이대고 싶지는 않았다.

몇 달 후 우리의 관계는 편안해졌다. '그런데, 그거 아니? 내가 상처받았다는 거.' 가슴이 쓰렸다. 그에게 실망한 건 나 혼자이긴 해도 잘해보고 싶은 마음이 있었던 사람이기에 씁쓸했다. 연애의 시작이 타이밍의 문제인 것처럼, 그 사람에 대한 느낌 또한 타이밍에 달려 있나 싶었다.

너무나 실용적인

"언니, 언니, 언니! 이것 좀 봐." 호들갑을 떨며 내게 폰을 보여주는 친한 동생. 폰 화면 속의 메시지에는 계좌번호와 금액이 적혀 있었다.

"이게 뭔데?"

"그게 있잖아…"

이틀 전 그녀가 알고 지내던, 막 썸을 타기 시작하던 남자가 메시지를 보냈다. "내일 시간 돼? 내가 아는 맛집이 있는데 괜찮으면 같이 갈래?" 그녀는 흔쾌히 알았다고 하고 다음 날인 어제 그와 맛있는 밥을 먹고 영화를 봤다. 그리고 오늘, 어제까지 세상 다정한 남자였던 그가 보낸 메시지는 차라리 스팸으로 믿고 싶은 내용이었다. 어

제 먹은 밥값과 표값을 정확히 반으로 나눠 계좌
번호와 함께 보내온 것이다.

"자기가 사겠다고 해놓고 왜 이러지? 더치페
이를 하고 싶으면 어제 말로 하지. 찌질하게 이
게 뭐야?" 기분이 확 상한 그녀는 문자에 답을 하
지 않았다. 친절한 그는 다음 날에도 똑같은 메시
지를 보내왔다. 그녀는 안 그래도 휴대폰 번호를
바꿀 참이었다며 그의 문자를 계속 씹었다. 열흘
후, 나는 그녀에게 바뀐 휴대폰 번호를 받았다.

그는 왜 갑자기 그녀에게 돈을 달라고 한 걸
까? 당일에는 차마 말하지 못했지만 생각하면 할
수록 돈이 아까웠던 걸까? 차라리 더치페이를 제
안하는 게 쉽지 않았을까? 어제 먹은 것을 칼같
이 계산해서 메시지를 보내는 남자. 웃기지만 싱
가포르에서는 그리 대수로운 상황이 아니다. 결
혼식 축의금의 액수도 친밀도가 아닌 결혼식이
열리는 호텔이나 레스토랑에 따라서 달라지는 것
처럼 '1원도 허투루 쓰지 않는 싱가포르인'의 예
시는 수두룩하다.

"어디에서 왔어요?"

"한국에서 왔어요."

"여행 왔어요?"

"여기서 살고 있어요."

"그렇구나. 월세 얼마나 내요?"

싱가포르에 사는 외국인은 택시 기사들에게 종종 이런 질문을 받곤 한다. 집에 도착할 때까지 내 월세가 말이 되는 금액인지 아닌지 이야기하는 아저씨. 처음 보는 사람한테 어떻게 월세를 물어볼 수가 있는지. 참 당황스러웠다.

출근길, 집을 나서 엘리베이터를 탔다. 아래층에서 한 여자가 탔다. 그녀는 계속 나를 흘끗흘끗 쳐다보다가 못 참겠다는 듯이 말을 걸었다.

"너 여기 사니?"

"응."

"월세 얼마나 내?"

오마이갓! 이곳에 집을 빌려 사는 다른 사람들은 월세를 얼마나 내는지 궁금했던 거였다. 엘리베이터에서 내리고 나서도 한동안 이야기를 하고 나서야 헤어졌다.

"월세를 그만큼 내면 너는 돈을 이만큼은 벌겠구나?"라며 월세로 내 월급까지 추측해보는 앤티. "이건 비싸서 좀 그래." 한국인의 정서상 연애 초기, 선후배 사이, 일로 만난 관계 등에서는 웬만하면 비싸다는 말을 서로 입 밖으로 잘 내지 않는다. 고놈의 체면 때문에라도 비싸다는 말을 안 한다. 연애 초반에는 쿠폰을 사용할까 말까도 고민하지 않던가? 싱가포르에서는 아니었다. 어떤 사이든, 오늘이 사귄 지 하루가 되었다 해도, 비싸다는 말을 들을 확률이 한국보다 훨씬 높다. 좋게 말하면 체면을 차리지 않는 실용적인 모습이겠고, 나쁘게 말하면 너무 돈, 돈 하는 것일 수도 있겠다.

결혼을 할까요?

"저기요…"

세상 인자한 미소를 지으며 내게 말을 건 사람을 바라봤다. '훗, 그래 나 아직 죽지 않았어.' 그가 명함을 내밀었다.

'결혼 정보 회사?'

"혹시 결혼 적령기이신가요?"

"아, 네, 뭐 그렇죠. 그런데 제가 출장 때문에 한국에 잠깐 온 거라 저는 적합한 사람이 아닐 것 같아요."

"상관없습니다. 외국에 있다가 결혼 때문에 귀국하는 고객님들이 많이 계세요. 이번 주 토요일에 싱글즈 파티가 있는데 오시면 어때요? 부담 느끼실 필요 없는 가벼운 자리예요."

몇 년 전 한국으로 출장을 갔다가 잠깐 광화문 교보문고에 들른 적이 있었다. 그곳에서 결혼 정보 회사 직원에게 영업(?)을 당했다. 주말에 다시 싱가포르로 돌아가야 했기에 그 파티라는 것에 갈 일정도 안 됐지만, 당시에는 결혼 정보 회사에서 내게 말을 걸었다는 사실에 기분이 상했다. 그 길로 냅다 화장실로 달려가 눈싸움을 하듯 거울을 마주했다. '뭐야? 나 이제 결혼할 나이로 보이는 거야? 주름이 늘었나? 얼굴이 처져 보이나? 이제 나이 들어 보이나 봐. 어떡해!'

외국에서 나이를 물어보는 건 정말 실례다. 서로 친해지고 난 후에야 조심스럽게 '그런데 너 나이가 몇이니?'라고 묻는다. 나이를 묻지 않는 곳에 있다 보면 나이에 관대한 분위기에 익숙해진다. 게다가 한국만 제외하고 모든 나라가 (심지어 북한도!) 만 나이를 쓰기에 알게 모르게 마음까지 가벼워져 있었다. 그러고 보니 항상 20대일 줄 알았던 나도 내년이면 나이대의 앞 자릿수가 바뀔 예정이었다. 오랜만에 한국에 와서 기쁘기만 했던 내게 찬물을 끼얹은 그를 원망하며 서점을 나왔다. '결혼 때문에 귀국하는 사람들이 있다

고? 어디서 약을 파는 거야.'

한국에서 대학교를 졸업하고 해외에 취업하려는 사람들의 나이는 대개 빠르면 20대 중반에서 20대 후반이다. 해외 취업의 부푼 꿈을 안고 우여곡절 끝에 취직하여 고군분투하느라 2년은 정신없이 간다. 그러다 보면 나이는 어느새 서른 전후. 요즘 같은 세상에 서른이란 나이에 결혼을 들먹이는 간 큰 사람은 없겠지만, 독신이라 할지라도 '결혼'에 대해 생각해보지 않은 사람은 없을 것이다.

사회생활을 하면 할수록 사람 만나는 게 힘든 건 외국도 마찬가지다. 한국보다는 나이에 관대한 분위기에 연애 기회가 더 많을지는 몰라도 주야장천 썸만 타다가 지쳐버리기도 하고 가벼운 만남에 알게 모르게 상처도 받는다. 특히나 외국인들이 많이 있는 곳이라면 나와 상대방 모두가 외국인이라는 사실 때문에 만남의 무게가 가벼워지는 경우도 많다.

"네가 뭐 그리 대단하게 세상 바꾸는 일을 하고 있다고 거기서 그러고 있냐. 결혼하란 소리 안할 테니까 그만 들어와라." 싱가포르에서 취직했을 때 나는 자랑스러운 딸이었지만, 4년째 싱가포르에서 일하고 있는 나는 남의 나라에서 외롭게 일하며 하루하루 나이만 먹어가는 안쓰러운 딸이 되었다. 연애사를 시시콜콜 이야기하는 타입이 아니라 엄마를 더 걱정시킨 걸까. 엄마의 머릿속 나는 어땠을까? 회사-집-술로 생각하고 계신 건 아니었을까? (뜬금없지만, 멀리 있을수록 부모님과 자주 이야기해야 한다.)

외국에 있으니 결혼의 압박에서 정말 자유롭다. 주위에 싱글들도 많고 결혼하라고 닦달하는 사람도, 오지라퍼들도 없다. 물론 싱가포르도 아시아인지라 아시아 부모 특유의 '요즘에 만나는 사람은 없니? 결혼은 언제 할 거니? 아기는?'이라는 잔소리 3종 세트가 있지만, 그 강도는 한국과 비교하기도 민망하다. 오히려 서양의 영향을 많이 받아서 그런지 결혼에 대해서는 각자의 의견을 존중하는 분위기가 더 짙다. 주변이 그렇다보니 결혼에 대한 생각을 버리고 싱글 생활과 취미를 즐기며 자유롭게 지내고 있다. 그런 와중에 가끔씩 비보(?)가 들린다.

"슬슬 나이도 차고… 여기 더 있어서 뭐하겠니."

"결혼하고 싶은데 이 나라 사람들(혹은 외국

인)은 나랑 안 맞는 것 같아. 한국 갈래."

"이만큼 일도 하고 살아봤으니 돌아갈까? 가면 다시 이력서 쓰고 면접 보고 일을 구해야 하는데. 내가 바로 자리를 잡을 수 있을까? 자리를 잡아야 사람을 만나도 만날 텐데."

며칠 전까지만 해도 신나게 나와 놀러 다니던 친구, 언니, 오빠들의 입에서 그런 말이 나올 때면 뒤통수를 세게 맞은 것처럼 멍해졌다. 그때마다 자동반사로 교보문고에서 받았던 결혼 정보 회사 명함이 떠올랐다. 단순한 영업용 멘트라고 생각했던 그의 말은 사실이었다. 정말로 결혼 때문에 한국에 돌아가는 사람들이 있었다. 귀국하지는 않더라도 결혼에 대해 걱정하는 친구들이 하나둘 늘어갔다. 누가 결혼 정보 회사에 등록했다는 이야기도 알음알음 들려왔다.

운 좋게 내가 선택한 나라에서 좋은 사람을 만나게 된다면 상관없다. 하지만 몇 년간 살아온 이 나라가 나에게 맞지 않거나, 혹은 이 나라 사람과 궁합이 별로 맞지 않다는 것을 깨닫게 되는 날 느끼는 허무함은 생각보다 컸다. 시간이 지나면서 싱가포르에 왔을 때 알게 된 친구들 중, 지금도 남아 있는 사람들은 여기서 결혼을 했거나 현재 진지하게 연애하는 경우가 대부분이다.

취업 생각만 하고 외국에 올 때에는 결혼 생각이 없었다. 하지만 몇 년을 살고 있으니 결혼 적령기라는 나이에 이르렀다. 결혼을 하지 않을 거라면 상관없지만, 결혼을 생각하는 나이에 외국에 있다는 게 애매했다. '내가 여기서 시간 낭비만 하고 있는 건 아닐까?'

곧 30대가 된다는 생각 때문에 초조해서였을까. 막상 30대로 입문하자 이 불안은 사라졌다. 내 불안은 결혼이 아니라 뭔가를 놓치고 있을지도 모른다는 노파심에서 오는 불필요한 걱정이었다. 오히려 결혼에 대해 부정적인 감정이 많았던 나는, 이곳에서 하기 싫은 숙제가 사라진 것처럼 얼마나 개운했던가.

쓸데없는 노파심을 버리고 현재의 삶을 즐기니 어느 틈엔가 인연이 찾아왔다. 이곳에서 장차 결혼까지 하게 될 연애를 시작하게 된 것이다. 외국인과는 연애라면 몰라도 결혼은 전혀 생각해본 적이 없었다. 그래서 국제결혼을 받아들이기까지 꽤 시간이 걸렸지만, 일은 그렇게 되어가고 있었다.

언젠가는 떠나야 할 곳

이별에 꽤 익숙해졌다. 영어만 공부하고 떠난 사람, 취업 준비를 하다가 떠난 사람, 이직을 하는 동료, 해고당한 사람, 때가 됐다며 돌아가는 사람 …

그렇다면 나는? 혼자 살고 싶어 룸메이트를 떠난 나, 도전을 위해 이직하는 나, 더 좋은 집을 찾아 이사 가는 나, 성격이 맞지 않는 친구와 자연스럽게 멀어지는 나, 그리고 언젠가 싱가포르를 떠날 나.

계약, 끝의 또 다른 이름

여기서는 모든 게 '계약'이다. 이 좁은 땅과 사람들을 나와 연결해주는 것이 있다면, 그것은 A4 용지 빽빽하게 쓰인 글과 그 글 아래 적은 내 서명이었다. 이 종이 몇 장은 이 땅에서 내게 허락된, 좁지만 안락한 공간을 보장해준다. 매일 아침 내가 어디로 가야 할지, 어디서 시간을 보내고 누구와 부대끼며 살아갈지 알려주었다. 싱가포르에서 첫 계약서에 서명하던 날, 나는 마침내 어른이 되었다는 생각을 했다. 게다가 외국인과의 계약이어서 더 뿌듯했다. 그 누가 정해준 것이 아닌, 처음으로 내가 원하고 찾아내어 나의 힘으로 일구어낸 것이었으니까.

시간이 지나 그 뿌듯함이 옅어져갈 즈음, 눈에 들어오는 것은 그 종이에 적힌 '기간'이었다. 집도 회사도 다 계약 기간이 있었다. 인종과 국적에 상관없이 대부분의 직업은 계약을 기본으로 한다. 연장 여부는 계약 기간이 끝날 때쯤 회사와 당사자가 결정한다. 그렇다고 '어떡해, 계약직이구나'라며 안타깝게 볼 필요는 없다. 별 문제가 없는 한 연장이 되고, 아마도 한국에만 있을 비정

상적인 비정규직 시스템이 없는 이곳에서는 월급과 대우에 차이가 없으니까.

평소에는 의식하지 않다가 가끔씩 생각이 나면 계약서와 달력을 본다. 남은 기간을 생각한다. 물론 집도 회사도 나와 상대방의 의사에 따라 언제든 연장이 가능하지만, 계약은 일종의 각성제였다.

데드라인이 있다는 것은 사람의 시야를 넓히는 힘이 있었다. 언젠가 끝이 날 관계라는 것을 알기에 오히려 더 열정적으로 살았다. 상대가 징글맞다가도 '내가 너를 보면 얼마나 더 보겠니. 너도 얼마나 살기 힘드니' 하는 여유가 생겼다. 내가 태어나서 자란 땅에서는 계약이 필요 없었다. 나는 자연스럽게 누군가와 연결되어 있었다. 천재지변이 일어난다 해도 그건 변함이 없는 사실이었다. 하지만 내가 아는 사회를 벗어나 다른 사회에 오니 그곳과 나의 유일한 연결 고리는 바로 이 몇 장의 종이였다.

비단 계약뿐일까. 갑자기 해고당하는 사람들, 월세 인상 통보를 하는 주인, 갑자기 이곳을 떠나는 친구들을 보며 끝이라는 것은 꼭 나의 의사와도 상관없다는 걸 느낀다. 하루에도 수많은 관계가 탄생하고 죽어간다. 자주 죽는 만큼 그에 대한 내성도 높아졌다. 나는 언제라도 이사 갈 준비가 되어 있다. 항상 싱가포르를 떠날 준비도 되어 있다. 내일 당장 떠나게 된다 해도 하루면 짐을 다 쌀 수 있을 만큼 오늘도 단순하게, 그리고 즐겁게 살고 있다. 내게 이곳은 언젠가는 떠나야 할 곳이니까.

구직 사이트

www.linkedin.com

www.sg.jobsdb.com

www.jobstreet.com.sg

www.indeed.com.sg

월드잡 www.worldjob.or.kr

집 구할 때 유용한 사이트

www.propertyguru.com.sg

www.iproperty.com.sg

rentinsingapore.com.sg

www.stproperty.sg

www.99.co

한국촌 www.hankookchon.com

집 구할 때 알아둘 단어

whole rent   집 전체를 빌리는 것

room rent   방 하나만 빌리는 것

master room   화장실이 딸린 방

common room 화장실이 딸려 있지 않은 방

condo   수영장과 헬스장이 딸린 고급 아파트

HDB   싱가포르인 대부분이 사는
                주공아파트

terrace house   단독 주택

shop house   2층으로 된 싱가포르의 전통 가옥

deposit   보증금

PUB, utility   수도, 전기, 가스 등의 공과금

내가 선택한 일터, 싱가포르에서

초판 1쇄 발행 2019년 6월 4일
개정판 발행 2024년 6월 3일

지은이 임효진
펴낸이 강수걸
편집 강나래 오해은 이선화 이소영 이혜정 김성진
디자인 권문경 조은비
펴낸곳 산지니
등록 2005년 2월 7일 제333-3370000251002005000001호
주소 부산시 해운대구 수영강변대로 140 BCC 626호
전화 051-504-7070 | 팩스 051-507-7543
홈페이지 www.sanzinibook.com
전자우편 sanzini@sanzinibook.com
블로그 sanzinibook.tistory.com

ISBN 979-11-6861-305-8 03810

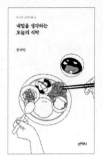

내일을 생각하는 오늘의 식탁

전혜연 지음

자신의 삶을 만들어나가는 기준, 마크로비오틱

계절에 따라 다르게 채색되는 식탁 이야기, 입
맛 돋우는 싱싱한 제철 재료 이야기, 전자레인
지와 일회용품 없이 사는 고집스러운 삶에 관
한 이야기, 저자가 들려주는 마크로비오틱한
삶이 즐겁다.

내가 선택한 일터, 싱가포르에서

*2020 청소년 북토큰 선정도서

임효진 지음

해외취업에는 특별한 순간들이 있다

지난 6년간 저자가 경험한 싱가포르에서의 일
과 삶이 솔직하게 담겨 있다. 취준생의 일상,
외국 회사의 시스템과 조직 문화, 매일 밥 먹듯
해야 하는 언어 공부, 집 구하기, 취미 활동, 연
애 등 자신이 경험한 에피소드를 유머 있게 풀
어낸다.

유방암이지만 비키니는
입고 싶어

미스킴라일락 지음

4기 암 환자의 씩씩하고 엉뚱발랄한 일상

유방암 선고를 받은 저자가 항암 치료와 재발
을 경험하면서 겪은 암 환자 버전의 일상을 담
은 에세이다. 자신의 블로그에 당당히 암 환자
라는 것을 알리고, 암 치료 과정을 무겁지 않고
발랄하게 담아낸다. 저자는 아프기 전에는 해
보지 못했던 일들을 시도하며 씩씩하게 제2의
인생을 살아가고 있다.

베를린 육아 1년

남정미 지음

아이 키우기로 베를린의 삶을 경험하다

특파원으로 일하게 된 남편과 함께 1년 동안 독일에서 지낸 경험을 담은 베를린 육아 일기다. 저자는 독일 사회가 어떻게 아이를 키우고 대하는지 아이를 존중하는 태도가 배어 있는 독일의 육아법을 전한다. 1년 동안 여행만으로는 느낄 수 없는 그곳에서의 생활을 통해 매력적인 도시 베를린을 좀 더 깊숙이 만나본다.

블로거 R군의
슬기로운 크리에이터 생활

*2022 청소년 북토큰 선정도서

황흥선 지음

좋아하는 일을 설레면서 지속하는 힘

이 책은 취미가 콘텐츠가 되는 크리에이터 R군의 이야기를 통해 좋아하는 일을 지속 가능하게 하는 힘이 무엇인지 들려주고자 한다. 매일 새로운 크리에이터가 생겨나고 사라지는 무한 경쟁 시대에, R군은 지치지 않고 오랫동안 콘텐츠를 만드는 이야기를 전한다.

어쩌다 보니 클래식 애호가,
내 이름은 페르마타

신동욱 지음

예비 선생님의 못 말리는 클래식 '덕질' 라이프

여행의 피로는 온천보다 클래식 공연으로 씻어내야 한다는 이 못 말리는 클래식 애호가의 여정은 클래식이 가지고 있는 무겁고 마이너하다는 편견을 '클래식 덕질'로 승화시켜 버린다. 그의 '덕질'을 따라가다 보면 어쩌면 나도 모르는 새에 클래식 애호가가 되어 있을지 모른다.

부산에서 예술을 합니다

임영아 지음

예술을 하려면 서울에 가야만 하나요?

부산에서 나고 자라 미술을 시작한 임영아 작가는 무언의 압박 속에 서울로 향하지만, 자신의 작품들 속에서 부산에 대한 그리움을 발견하고 결국 부산으로 돌아오겠다는 결단을 한다. '지역에서도 예술로 먹고살 수 있을까.' 이 질문에 작가의 용기 있는 한 걸음이 또 다른 선택의 가능성을 말해준다.

도서관으로 가출한 사서

*2022 대한출판문화협회 청소년 교양도서

김지우 지음

가출마저 도서관으로 했던 학생은
이제 도서관으로 '출근'합니다

저자가 지금부터 우리에게 들려줄 도서관 이야기는 절대 진부하지도 지루하지도 않다. 우리가 무의식중에 가지고 있던 그곳의 이미지와는 다른 도서관의 '지금'은 과연 어떤 모습일까?

동물, 뉴스를 씁니다

*2023 한국문화예술위원회 문학나눔 선정도서

고은경 지음

동물의 시선에서, 동물의 목소리를 전달하다

동물복지전문기자의 직업과 삶을 담은 에세이. 고은경 저자는 한국일보에서 뉴스레터 '고은경의 애니로그'를 운영하며 독자들에게 동물 뉴스를 전하고 있다. 이 책에는 동물 기사를 쓰게 된 계기, 유기동물 입양 홍보 코너인 〈가족이 되어주세요〉와 동물을 위한 청원 〈애니청원〉의 탄생 배경, 동물 뉴스 취재기, 반려인으로서의 이야기 등 다양한 동물 이야기가 담겨 있다.

슬기로운 아프리카 생활

이은영 지음

**서아프리카 코트디부아르에서
가려진 아프리카, 진짜 나를 만나다**

작가는 유엔환경계획의 기후변화적응 담당관으로 서아프리카 코트디부아르에서 일하며 그곳 사람들과 함께 살았다. 작가가 경험한 코트디부아르는 한 단어로 설명할 수 없는 다층적인 공간이었다. 그래서 작가가 풀어내는 일상에는 코트디부아르의 경제, 환경, 정치, 문화가 담겨 있다. 독자는 이 책을 통해 여행으로는 볼 수 없는 살아 있는 코트디부아르를 만날 수 있을 것이다.